Adolph Anton

Männer-Stolz und Weiber-Rache

Ein Ritter-Schauspiel aus den Zeiten der Kreuzzüge in 4 Aufzügen

Adolph Anton

Männer-Stolz und Weiber-Rache
Ein Ritter-Schauspiel aus den Zeiten der Kreuzzüge in 4 Aufzügen

ISBN/EAN: 9783743439122

Hergestellt in Europa, USA, Kanada, Australien, Japan

Cover: Foto ©Andreas Hilbeck / pixelio.de

Manufactured and distributed by brebook publishing software
(www.brebook.com)

Adolph Anton

Männer-Stolz und Weiber-Rache

Männer Stolz
und
Weiber Rache.

Ein Ritter Schauspiel

aus den

Zeiten der Kreuzzüge

in vier Aufzügen

von

Adolph Anton
deutschen Schauspieler.

München
bey Joseph Lindauer 1792.

Personen.

Ritter Heinrich von Stauffen.
Mathilde seine Tochter.
Gertrud ihre alte Wärterin.
Kunigunde Gräfin von Steineck.
Ritter Klaus von Grießingen.
Paul von Hartbach der Rügegraf.
Meno ein alter Knappe.
Siegfried sein Pflegsohn   (in Heinrichs Diensten.)
Mannhardt Kunigundens Stallmeister.
Werth ein Knappe.
Ein Pilger.
Kunz ein Köhler.
Ein Eilbothe.
Ritter, Schöppen, und Nachbürgen zum Gericht.
Reisige und Knappen.

Erster Aufzug
Zimmer in der Burg.

Erster Auftritt.

Heinrich, Siegfried tritt eben ein.

Heinrich. Ha bist du hier Siegfried? Hab dir eine freudige Mähre anzukünden. Wir haben schon zu lange in unserer Burg gerastet. Auf laß uns den alten Klaus von Griesingen befehden.

Siegfried. Den alten Klaus?

Heinrich. Nu ja den alten Klaus, von dem man bald nicht mehr weis, ob er ein Ritter, oder ein Einsidler ist. Der morgende Tag ist zum Aufbruch bestimmt. Wir wollen früh aufsitzen, ein Troß von fünfzig Reisigen soll uns begleiten. Mit ihnen, denk ich, wird der fromme Mann wohl zu überwältigen, und seine Burg zu erobern seyn.

Sieg.

Siegfr. Fünfzig Mann sagt ihr Ritter? Stellt dem Klaus hundert entgegen, und ihr seyt eures Sieges dennoch nicht gewiß.

Heinr. Nicht gewiß? Traun bist hier zum ersteumale, seit ich dich kenne zaghaft.

Siegfr. Das nicht, aber freylich nicht so rasch, und sorglos als sonst.

Heinr. Und woher das?

Siegfr. Weil der Strauß einem Klaus gilt.

Heinr. Nu einem alten 80zig jährigen Graukopf, der vielleicht den Rest seiner Athemzüge schon zählen kann? dessen Knappen, und Buben seit einer zwanzigjährigen Rast, vielleicht Pfeifen schneiden, aber nicht kämpfen lernten.

Siegfr. Alles wahr, strenger Ritter; aber sägt noch hinzu einem Manne, für den jeder Knappe und Lehensmann mit Freuden stirbt, weil er gegen alle, wie ein Vater handelt, von allen, wie ein Vater geliebt wird; einem Manne, der durch sein blosses Ansehen, jeden Buben zittern macht, und jeden, gegen ihn ausgestrekten Arm lähmt. Summirt dieses zusammen, und ihr wer-

det

bet es begreiffen, daß unter 50, unter 100 Streit-
baren, kaum 10 mit dem erforderlichen Eifer gegen Klaus kämpfen werden. Doch, edler Ritter,
darf Siegfried wohl fragen, wodurch euch Klaus
beleidigte, und zur Fehde zwang?

Heinr. Mein gerechter Zorn, gegen ihn,
ist alt, aber darum noch nicht erloschen. War
er nicht mit Graf Bruno, gegen mich im Bunde?
War ers nicht, der dem Kunz von Dillingen,
von unsern Anschlägen, Nachricht gab, die wir
in Absicht seiner gefaßt hatten? — Und ohne
das, begreifst du nicht, schlauer Siegfried, daß
mich schon die blosse Klugheit auffordert, ihn zu
bekämpfen?

Siegfr. Nein Ritter! und wär ich schlauer noch dann ihr, ich begreif es nicht.

Heinr. Nun so vernims dann: Klaus hat
wie du weißt keine Kinder, seine Burg ist
uns sehr erwünscht gelegen, und was darinnen
ist, ist nicht zu verachten. Wenn wir uns nun be-
seinem Leben seines Eigenthums versichern, so
solls uns nach seinem Tode, kein Teufel mehr aus
den Händen reissen. Du weißt, wie leicht uns
die Belehnung vom Herzoge in Schwaben zu erschleichen ist. Und es wird doch ein ganz statt-
licher Zuwachs zu unsern Besitzthümern.

Siegfr.

Siegfr. Wohl wirds das! Klugheit also treibt euch zur Fehde, Ritter? Gestehts nur, sie allein, rechtmässiger Zorn nicht, denn über jene Punkte, habt Ihr euch längst mit ihm verständiget, längst eingesehen, daß ihr an seiner Stelle, eben so gehandelt haben würdet. Aber freylich eure Klugheit braucht einen Vorwand, wenn der Herzog, auf den ihr pocht, nicht endlich einmal dem unruhigen Heinrich ein Ziel stellen soll. Aufrichtig, Hr. Ritter! habt ihr Klausens seine Burg, und seine Habe noch nötig, um zufrieden, reich, und berühmt zu seyn? Seyd ihr nicht schon ohnedem einer der reichsten Ritter im Lande? Warum wollt ihr dem friedlichsten eurer Nachbarn, seinen ruhigen Abend nicht gönnen? ihn nicht ungestöhrt einschlafen lassen?

Heinr. Kann er das nicht eben so gut in unserer Gewehrsame, als in seiner Burg?

Siegfr. Werdet ihr es wohl auch können? Bedenkts, Ritter! ihr werdet auch einst was Klaus jezt ist, alt, und wehrlos, wenn euch dann eure Nachbarn, und Feinde, und ihr wißt, ihr habt der leztern viele, die euch eurer Größe willen beneiden, wenn diese euch dann mit gleichem Maasse behandelten, sich vor euern Augen in euer Eigenthum theilten, und euch euer Sterb-
bette

bette in ihrem Burg verließ bereiten ließen; ſprecht,
wie würde euch das behagen?

Heinr. Siegfried! kaum erkenne ich dich in
dieſer Rede. Wie iſt das? ſonſt ſo tapfer, ſo
entſchloſſen, und nun auf einmal ſo zögernd, ſo
frömmelnd.

Siegfr. Nennts wie ihr wollt Ritter! ſo
lange ich mich zu entſchließen habe, nicht blind
gehorchen muß, ſo folge ich der Regel: Friede
jedem, dem er gebührt, und Fehde dem, der ſie
verdient.

Heinr. Pah! eine wahre Mönchsregel. Geh
ins Kloſter Siegfried, zum Eroberer taugſt du
nicht.

Siegfr. Zum Räuber nicht, wollt ihr ſa-
gen — Doch warum handeln wir da lange über
eine Sache, die ihr blos vor euerm Gewiſſen zu
verantworten habt. Ich bin euer Knappe ihr dürft
ja nur gebiethen. Laßt uns aufſitzen, und ſehen,
mit wieviel Menſchenblut ihr eine überflüßige Burg
erobern, und einen alten ſchwachen Greis in die
Ewigkeit fördern werdet.

Heinr.

Heinr. Ueberflüßig fagst du? — wenn ich nun die Burg nicht für mich, sondern für meinen Siegfried, meinen treuen Schildknappen eroberte? wie dann?

Siegfr. Dann würde Siegfried euer treuer Schildknappe, so ein Beginnen mit eurer Klugheit nicht zu reimen., aber euer Anerbiethen gebührend zu verachten wissen.

Heinr. Zu verachten wissen?

Siegfr. Sicher. Aeußerte Siegfried je den geringsten Wunsch unrechtmäßiges Gut zu besitzen? Er verlangt keine Hand voll geraubter Erbe. Ist mir meines, mir noch unbekannten Vaters, Eigenthum nicht beschieden, so begehr ich lieber gar keines.

Heinr. Und bleibst also lieber ewig Siegfried ohne Land?

Siegfr. Und ohne Fluch! Ich mag mich nicht, durch unrechtmäßiges Gut bereichern. Ich will lieber Siegfried der brave arme Knappe, als Siegfried der reiche Räuber genannt werden.

Heinr. Biſt ein wunderlicher Kauz! geh fang Vögel!

Siegfr. Spottet immer Ritter. Nur rechtmäſſige Fehde; und euer Spott, ſoll den Stachel ſchon verliehren.

Heinr. Wir werden dich alſo bei dieſem Strauße zu Hauſe laſſen, und zu unſerm Kammerwächter machen müßen.

Siegfr. Wenigſtens werdet ihr wohl thun, wenn ihr euch diesmal, auf meine geübte Fauſt nicht verlaſſet, und daß ſie geübt iſt, erfuhr der Zavelſteiner, der euch den Kopf ſpalten wollte, am beſten; aber ich weiß, ſie wird wie Blei herabſinken, wenn ihr Klaus begegnet; denn, innig und warm verehr ich dieſen edlen Mann, ſeit der erſten Fehde, die ich unter eurer Anführung begann, wie er mich küſte, und ſprach, Siegfried! du biſt brav, fahr ſo fort, und weiche nie, von der Bahn der Rechtſchaffenheit ab. — Dieſe Worte, hielt ich feſt in meinem Gedächtniſſe; und er ſollte nun ſehen, daß eben dieſer Siegfried, ein Räuber geworden, der ihm in ſeinen alten Tagen ſeine Burg rauben hülfe, ? — Nein Ritter, lacht ſo lang ihr wollt meiner Zaghaftigkeit, es wird mich doch nicht bewegen, eine Hand anzulegen

zulegen bei dem Raube, an diesem biederen Manne. Aber wenn einst eure Feinde, das Vergeltungsrecht an euch ausüben, wenn eure Vesten von ihren Händen verwüstet werden, eure schöne Tochter die Beute des nächsten besten Wollüstlings wird, und ihr selbst zu ohnmächtig diesen Schimpf zu rächen, für Gram dahin sterbt, dann denkt, daß ihr dies alles an Ritter Klaus verdient, und daß euer Knappe Siegfried es euch vorhergesagt hat; und hiemit gehabt euch wohl! Ich will euch Zeit zum Nachdenken lassen, damit ihr einsehen lernt, daß ein schlichter Knappe so viel Ehre und Rechtschaffenheit besitzt, als der erste Ritter. (Geht ab.)

Zweyter Auftritt.

Heinrich allein, sieht ihm erstaunt nach.

Mit welchem Feuer der Junge sprach! Hätte er mir nicht so viele Dienste geleistet, so hätte er fürwahr seine Verwegenheit theuer bezahlen müßen! — (Nachdenkend) Wenn ich so bei kaltem Blute nachdenke, so hat er eben nicht ganz unrecht. Warum will ich dem alten Manne seine einzige Veste rauben? habe ich nicht derer selbst genug? Ist mein Stamm nicht einer der ersten, meine Tochter eine der reichsten im ganzen Lande?

de? — Nein! — soll sie behalten, will mir
mit dem genügen, was ich schon habe; will meiner Mathilde einen wackern Ritter verschaffen,
und dann froh, und zufrieden im Zirkel meiner
Kinder und Enkeln meine Tage hinleiten, bis mich
der dort oben zu sich ruft, wohin ich dann ohne
Furcht und Zittern gehen kann. Ja guter Klaus
sollst sie behalten, Siegfried hat dir das Wort
geredet, und dasmal will der alte Ritter dem
jüngern Knappen folgen. (Geht ab.)

Dritter Auftritt.
Garten.

Kunigunde, Mannhart.

Kunigunde. Nur noch einen Versuch Mannhart will ich wagen, und schlägt auch dieser fehl,
so überlasse ich ihn ganz deiner Willkühr; dann
handle ganz deiner, und meiner Rache gemäß.
Aber ehe dieser geschehen, — nichts, ja nichts
voreiliges Mannhart! Ich liebe ihn, liebe ihn so
heftig, wie ich noch keinen Mann geliebt habe;
keinen lieben werde, und wenn ich mir es dann
denke, diesen schönen Mann mein zu nennen! O
Mannhart welche Wonne liegt in diesem einzigen
Wörtlein — Mein!!

Mannhart.

Mannhart. Ganz wohl schöne Gräfin! Aber wenn nun euer Plan nochmal mißlingt, wenn er auf seiner Weigerung beharrt, euch mit schnödem Kaltsinne abweist, fortgeht, und in den Armen der reizenden Mathilde der armen gekränkten, in Liebe versunkenen Gräfin spottet. —

Kunigunde. Verschone mich mit Worten die mein innerstes zerfleischen, mich gegen mein ganzes Selbst wüthend machen würden. Daran darf ich nicht denken, wenn ich bei seiner Ankunft wenigstens gelassen aussehen will, wenn mein Blick, meine Zunge nicht lügen strafen soll.

Mannhart. Wahrhaftig theure Gräfin! ihr seyd zu verliebt, als daß ich hoffen dürfte, daß euer zwar gerechter Zorn lange wehren sollte, wenns auch dem unverschämten Knappen einfiele, das Spiel zu wiederhohlen; und ist es nicht wahrscheinlich, beinahe gewiß, daß er es wird. Wenn ich mir ihn denke, wie frech, wie stolz er euch ansah, als ihr ihm in eurem Schlosse eure Liebe antrugt, noch sind mir seine Worte tief im Gedächtniße eingeprägt: Nur eine ists, der ich den Sold der Minne brachte, und solang ich athme, will ich ihr treu bleiben! und höhnisch verließ er euch.

Kunig.

Kunigunde. Schweig sag ich! In wenig Tagen, muß sein, und Mathildens Schicksal entschieden seyn. Hab ich nicht darum eine Krankheit vorgeschützt, um länger auf Heinrichs Schlosse bleiben zu können, muß ich nun nicht bald nach meinem Schloße zurückkehren, wenn ich nicht Verdacht erregen will, als ob mich eine andere Ursach zurückhielt. Heute, bin ich entweder in meiner Bemühung glücklich, oder Mathilde ist Morgen entführt, und Siegfried als der Entführer des Fräuleins im Gefängniß. Werth ist doch bereit, auf den ersten Wink deinen Befehl zu erfüllen?

Mannhart. Das ist er. Aber, Kunigunde! ich, der von euch einst so innig Geliebte, muß nun zur Ausführung eines Plans die Hand biethen, der mich um mein irrdisches Glück bringt.

Kunigunde. Zu einer andern Zeit, würde ich deinen Worten Glauben beigemessen, sie würden mir so gar Vergnügen gemacht haben; aber nun — — Laß uns vereint zu Werke gehen. — Ich liebe Siegfrieden, du Mathilden. Zu was also noch Versicherungen, von einer Liebe, an welcher wir beide keine Behaglichkeit mehr finden, laß uns vielmehr gemeinschaftlich arbeiten, und so unsern Zweck erreichen. — Doch
ich

ich höre Geräusch — Er ists nein! es ist Mathilde und Gertrud, wir wollen ihnen aus dem
Wege gehen, vielleicht daß wir — —

Vierter Auftritt.

Mathilde und Gertrude.

(Mathilde für sich.) Wo er doch ist? sonst
ist dies seine gewöhnliche Stunde, und heute läßt
er sich nicht sehen.

Gertrude. Aber lieb' Herzensfräulein! wenn
ihr sonst so ins freye hinausblikket, und Himmel, und Erde so schön fandet, dann wart ihr
immer so heiter, und fröhlich, daß es eine Freude war, euch zu sehen; und nun, traun ihr seyd
euch nicht mehr ähnlich. Ihr fühlt von Gottes
schönen Welt nichts mehr, — eure Wange wird
täglich bleicher, eure Gesänge immer klagender,
euer ganzes Wesen trauriger, wo will das endlich hinaus?

Mathilde. Weiß ichs? Gertrud weiß ichs?
Sagt mirs, wenn ihrs wißt; endet den Kummer,
der an meinem Herzen nagt, wenn ihr könnt.

Gertrude.

Gertrude. Das kann ich armes Weib freylich nicht , aber ihr selbst Fräulein könnt es,
wenn ihr nur wollt.

Mathilde. Ich selbst , sagt ihr Gertrud?
laßt doch hören.

Gertrude. Seht, wenn ich Mathilde wäre,
so schlüg ich mir den Siegfried aus dem Sinn.

Mathilde. Wirklich? und wie machtet ihr
denn das?

Gertrude. Nun, ich dächte nicht mehr an
ihn, sondern wählte mir einen andern Paladin,
der mir gewogen wäre; und es kömmt doch wahr-
lich, nur auf euch an, ob ihr in wenig Wochen
dem kalten Siegfried zum Trotz, eine der edelsten
Damen in Schwaben seyn wollt.

Mathilde. Wenn das euer ganzes trostvol-
les Wissen ist, Gertrud! — so thut so klüglich,
und laßts nicht weiter laut werden. Wie oft habt
ihr mir nicht selbst gesagt, daß Schwaben keinen zweiten Siegfried aufzuweisen vermögte, und
daß ein Weib von Siegfried geliebt, das glück-
lichste unter der Sonne seyn müsse; und nun
haltet ihr es für eine so leichte Sache, ihn zu vergessen,

gessen, ihn gegen einen andern zu vertauschen, der statt Herzensadel nichts, als blendenden Glanz, und eitle Schätze aufzuweisen hat? — Ach Gertrud! meine Liebe zu Siegfried, ist heisser, glühender als ihr denkt; sie kann nur im Tode kühl werden, und vielleicht auch dann nicht. Vergessen sollt ich ihn, den Mann ohne gleichen? Nein Gertrud! an ihn denken will ich ohne Unterlaß! am frühen Morgen, und in später Nacht! zu erst an Gott, und dann an Siegfried! flehen will ich um ihn zum Himmel, flehen, als um das höchste Gut der Erde, bis ich ihn habe, oder sterbe. Aber er liebt mich nicht, sein Herz ist mir verschlossen, vielleicht schon das Eigenthum eines andern, glücklichern Mädchens.

Gertrude. Wenn das euch nur kümmert Fräulein, so mögt ihr euch wohl trösten; Siegfried liebt entweder gar nicht, oder er liebt Mathilden.

Mathilde. Ists möglich! o Gertrud habt Mitleid, und täuscht mich nicht. Sagt, sollte Siegfried noch so ganz freien Herzens seyn? — Aber wie sollte es euch möglich seyn, sein Geheimniß zu erforschen; wie hättet ihr ihn ergründet, da er sich doch niemanden anzuvertrauen, immer sich so ganz in sich selbst zu verschließen pflegt.

Gertrud.

Gertrude. Dennoch Fräulein! was wäre der Liebe und der Weiberlist unmöglich? Seht, Fräulein! als ihr vor einigen Tagen von Harm so matt wurdet, allerlei Schmerzen vorgabt, die ihr nicht empfandet, und anderer, die ihr wirklich fühltet, nicht gedachtet, da ward mirs bange um euch. Ich sann Tag und Nacht auf Mittel zu eurer Genesung. Endlich fielen mir einige Kräuter ein, deren heilsame Kräfte mir bekannt waren. Ich eilte hinaus auf den Hügel, wo ich sie zu finden hoffte, und gedachte euch einen stärkenden Trank daraus zu bereiten. Als ich nun so mit dem Sammeln beschäftigt war, stand auf einmal Siegfried neben mir, und fragte: — Was ich so sorgfältig suche? — Kräuter für mein armes krankes Fräulein gab ich zur Antwort. Ist Mathilde krank? erwiederte er hastig, und ängstlich, daß michs an dem sonst so gefaßten Manne Wunder nahm. Harre dacht ich, jetzt könntest du den blanken Knappen wohl ein wenig in die Beichte nehmen.

Mathilde. Ich bitte euch Gertrud! um eurer Gutmütigkeit willen, seyd nur diesmal in eurer Erzählung kürzer?

Gertrude.

Gertrude. Geduld, Fräulein! die ist euch gar so nötig. Was, habt ihr sie nicht vermißt? fuhr ich fort „O Gewiß„ — Aber was sinds denn für Kräuter die ihr sucht? ich will sie euch suchen helfen! Ihr? „entgegnete ich — Es würde einem so tapfern Manne traun wohl anstehen, wenn er Kräuter für ein krankes Fräulein suchte „ als wenn man für jedes Fräulein thäte, was man für Mathilden zu thun bereit ist „ rief er aus, hatte dabei auf meine Hand acht, entfernte sich, und kehrte bald mit einem größeren Bündel Kräuter zurück, als ich in einigen Stunden gefunden hätte.

Mathilde. Und ihr habt mir nicht ein Wort davon gesagt? Er war also um mich besorgt, seine Hände um mich beschäftigt? Laßt mir kein Blättchen von den Kräutern verlohren gehen.

Gertrude. Sorgt nicht Fräulein, hört nur weiter: Hier Gertrud sagte er: nehmt hin, und eilt zum Fräulein; bedenkt, daß sie das edelste schönste Mädchen in Schwaben ist, — daß der Verlust, wenn sie stürbe, nicht zu ersetzen seyn würde. Daß — daß — o Gertrud! laßt das Fräulein nicht sterben, seyd ihr Mutter, Freundin! seyd ihr alles! Gott wird euchs lohnen. — Aber, fuhr er fort: „sagt mir doch,

was

was des Fräuleins Uebel für einen Namen hat? —
Das kann ich nicht, war meine Antwort: Ich
bin eine bejahrte Zofe, und vielleicht zu alt, alle
Geheimnisse meines Fräuleins zu erfahren. Wenn
aber unter tausend jungen Rittern, so der rechte
käme, so glaube ich, sollte ihm beides, — vollkommene Kunde — und vollkommene Heilung ihrer Krankheit, sehr leicht werden. — Da ward
er wie ein armer Sünder so blaß, sah mich starr
an, stand dann lange mit ineinander geschlunge-
nen Armen, ohne ein Wort zu sprechen da, und
fragte endlich mit der sichtbarsten Aengstlichkeit. „
Wer denn der glückliche Ritter wohl sey, der
euch heilen könne, der euch heilen dürfe?

Mathilde. Und was gabt ihr ihm vor eine Antwort, Gertrud?

Gertrude. Ich wüßts nicht.

Mathilde. Und Siegfried nahm das für
blanke Wahrheit?

Gertrude. Ja, das ers für blanke Wahrheit
genommen hätte? „Ihr wüßts nicht? sagte er
in einem Tone, in welchem man jemanden einer
Lüge zu zeihen pflegt, kehrte sich rasch von mir,
rief: Behüt euch Gott Gertrud, und eilte mit
raschen Schritten ins Dikkicht.

b 2

Mathilde.

Mathilde. Daß ihr ihn auch belügen mustet!

Gertrude. Ich glaubte, die Wahrheit zu sagen, gebühre nur euch selbst, nicht eurer Zofe.

Mathilde. Aber was soll mir nun aus dem allen für Trost fließen Gertrud?

Gertrude. Soll ich euch das erst sagen? Kein Blättchen von den Kräutern, die Siegfried pflückte sollte ich verlohren gehen lassen? Nicht wahr, so sagtet ihr? thut doch nicht als wüstet ihrs nicht, wie ihr Siegfrieds Worte, und sein Benehmen zu deuten hättet!

Mathilde. Aber wenn er mich liebt, Gertrud! warum hat er mir noch nie ein Wort gesagt, oder einen einzigen zärtlichen Blick geschenkt?

Gertrude. Gutes, unschuldiges Fräulein! der bedächtige Siegfried hat vielleicht schon die Hindernisse erwogen, die eure Verbindung unmöglich machen, und an die ihr nicht zu denken scheint. Bedenkt ihr denn nicht, daß ihr die Tochter und Erbin des reichsten Ritters seyd, Siegfried dagegen nur ein armer Knappe ohne Land und Guth ist?

Mathilde.

Mathilde. Wohin verirrt ihr euch nun wieder Gertrud? Sagt: Wenn ihr Mathilde wäret, würdet ihr einen Augenblick Bedenken tragen, dem Siegfried, vor hundert köstlichen Werbern den Vorzug zu geben? oder, ist er euch nun auf einmal, seit ich ihn liebe; ein geringer alltäglicher Knappe geworden?

Gertrude. Wie könnte er das? — Aber —

Mathilde. Still Gertrud! wenn ihr mich lieb habt. Tochter, und Erbin des reichsten Ritter sagt ihr? Armselige nichtige Vorzüge! nur als seine Gattin bin ich reich, und ohne ihn, das ärmste, unglücklichste Mädchen, — Gertrud! wenn er mich liebte, mirs selbst gestünde, und bei diesem Geständniß mir in die Arme, an diesen unentweihten Busen sänke. Gertrud! dann opferte ich freudig, alles, was ich zu hoffen habe auf, enteilte mit Wonne diesen prunkvollen Gemächern, vergäße Bequemlichkeit, und Ueberfluß, und entflöhe mit ihm in eine Wüste, in eine niedere verborgene Hütte — Siegfried würde sie mir zum Paradiese machen; diese Hände, sollten ihm sein Lager bereiten! und wenn er mich denn für dieses alles, sein Weib, seine Mathilde nennte; o dann hätte mein Glück keine Gränzen, — ich tauschte dann mit der Herzogin

zogin aus Schwaben nicht, — ja mit keiner Fürstin auf Erden.

Gertrude. O gutes treffliches Fräulein! wie macht ihr mir das Herz so weich! Aber der Ritter, euer Vater, wird nie in ein Bündniß mit Siegfried willigen. Ach Mathilde ihr thätet besser, wenn ihr meinen vorigen Rath befolgtet!

Mathilde. Gertrud! wenn euch mein Vertrauen werth ist, so schweigt von eurem armseligen Rathe. Warum sollte mein Vater nicht einwilligen? Wißt ihr nicht, wie viel er Siegfried zu danken hat? Rettete er nicht mein Leben! und schätzt er ihn nicht vor allen andern? Mein Entschluß ist unveränderlich. Mathilde wird entweder Siegfrieds Gattin, oder eine Nonne.

Gertrude. Um Gotteswillen Fräulein! laßt diesen Entschluß nicht zum Gelübde werden.

Mathilde. Die Warnung kömmt zu spät Gertrude. Er ward schon an dem Tage, da Siegfried auf der Jagd mein Erretter ward. Da schwur ichs laut, im Angesicht des Himmels, das Leben, das er gerettet, nur in seinen Armen dahinzubringen. (schreyt auf) Ach Grtrud! laß mich
mein

mein Gesicht an deinem Busen verbergen, er kömmt.

Fünfter Auftritt.

Siegfried tritt tiefsinnig einher.

(Er blikt erschrocken auf.) Vergebt, gnädiges Fräulein, daß ich euch in eurem traulichem Gespräche störte. Ich muß euch mit Schaam gestehen, ich war so vertieft, daß ich euch nicht einmal wahrnahm.

Mathilde. (Sich nach und nach erhohlend.) Sieh da! Siegfried! nun, da ihr hier seyd, dürfen wir schon noch eine Weile bey Mondenlicht lustwandeln. Ihr werdet uns doch, wie es einem tapfern Ritter geziemt, falls wir Ebentheuer zu befahren haben sollten, beschützen?

Siegfried. Mit Blut, und Leben, liebe Math — edles Fräulein!

Mathilde. Bald hättet ihr euch verbindlicher gemacht, als ihr vielleicht seyn wollt; bey denkts ja künftig Siegfried, einer lieben Mathilde ist man weit mehr schuldig, als einem edlen Fräulein.

Siegfr.

Siegfried. Verzeiht, wenn eines von beiden euch mißfiel. Es ist der öftere Fall, wenn man doppelte Worte wählt.

Mathilde. Siegfried hätte darum, wie er nach seinem graden Sinne immer zu thun pflegt, das erste für das beste halten sollen.

Gertrude. Habt ihr das verstanden Siegfried?

Siegfried. (lächelnd) Ich werde doch ein Sprichwort verstehen Gertrud!

Gertrud. Ja, das ist nun so ein Sprichwort!

Siegfried. Das ihr allein deuten zu können glaubt. Nicht? Nun, wenn ihr denn in der Kunst zu deuten, so erfahren seyd, Gertrud! so sagt mir doch, wies kömmt, daß ich so voll Freuden war, als ich das Fräulein jezt erblikte, sie hingegen bestürzt ihr Gesicht auf eure Schulter legte? Sagt, was ist es, das das Fräulein so bestürzt machte?

Mathilde. Erröthen, über meine Schuld.

Siegfried.

Siegfried. Schuld? Ihr wäret mir schuldig Fräulein? für was?

Mathilde. Für die Rettung meines Lebens, und ich schämte mich, daß ich vergessen hatte, euch thätig dafür zu danken. — Sagt, womit soll ich lohnen?

Siegfried. O schweigt, ich bitte euch, davon. Daß ich euch glücklich gerettet, gesund und vergnügt sehe, ist der gröste Dank, der süsseste Lohn, den ich erwarten konnte. O wär ich doch allein so glücklich gewesen, euch zu retten!

Mathilde. Ihr wart es ja doch; denn erwacht ich nicht in euren Armen?

Siegfried. Das thatet ihr; allein Robert von Ellmar war mein Gehülfe, und mein Arm nur eure Stütze, könnt ihr zürnen?

Mathilde. Zürnen? Auf euch zürnen? O daß ihr mein Herz zu durchschauen vermöchtet! Gesteht mirs immer Siegfried, oder laßt mir wenigstens den schmeichelhaften Gedanken, daß Robert weniger Theil an meiner Rettung, an meiner Genesung habe, als ihr!

Siegfried.

Siegfried. Mein Gehülfe war er, das muß ich bekennen; aber ich war so glücklich, euch allein, ganz allein auf meinem Roß nach Hause zu geleiten. O das gute Thier! von nun an bewahr ich es, wie mein Leben; jezt ist es zwar nur mein einziges, aber werd ich Ritter, dann wird es mein Leibroß, und nur der Tod soll uns trennen.

Mathilde. O wäre doch diese Zeit so nah, als ich es euch von Herzen wünschte, dann könnte Siegfried der Ritter, um die Hand eines — —

Gertrude. (Die sich während des Gesprächs ein wenig entfernt hatte — kömmt nun eilig.) Mathilde! Laßt uns ins Schloß zurückkehren. Gräfin Kunigunde mit ihrem Stallmeister kömmt die Allee herauf, und wenn sie euch hier träfen, könnte das leicht Anlaß, zu einer schiefen Deutung geben.

Mathilde. Siegfried! Gehabt euch wohl! (Drükt ihm zärtlich die Hand.) Denkt manchmal an eure gerettete Mathilde:

Siegfried. (küßt ihr feurig die Hand.) So lang ich Besinnungskraft habe, will ichs: — (Mathilde und Gertrud gehen ab.)

Sechster

Sechster Auftritt.

Siegfried allein.

Göttliches Mädchen, sie liebt mich! sie liebt mich gewiß! Ihr mit himmlischer Güte erfüllter Blick —! O daß sie auch Gertrud unterbrechen mußte, eben in dem Augenblicke, da sich ihr Herz mir ganz entdecken wollte. Ihr sanfter traulicher Händedruck! alles, alles versichert mich ihrer Liebe! Hat sies nicht beinah mit klaren Worten mir zu verstehen gegeben? Siegfried! Siegfried! welch eine wonnevolle Zukunft lächelt dir entgegen! von Mathilden geliebt, an ihrer Seite sollst du sie durchwallen? — Ihr Erwählter, ihr Gatte seyn! — zwar! — was träum ich? als wenn nicht ungeheure Gebürge mir den Lauf zu diesem seligen Ziele hemmten! — Mathilde hat einen Vater, und zwar einen reichen, auf seinen Adel stolzen Vater! — Ach! daß in einem Menschenkopfe freudige, und furchtbare Gedanken, so durcheinander wühlen! — Ungeheure Gebürge sagt ich? — Und doch achtet Mathilde, ein Mädchen ihrer nicht! wagt sie zu ersteigen! — und du Siegfried ein Mann, der sich aus Ritterblut entsprossen weis; sich Ritterfähig fühlt; tapfer genannt wird von Grauköpfen! du Siegfried! bebst vor ihnen zurück? Vor Hin-

dernis-

berniffen, durch deren Besiegung du Mathilden
verdienen sollst: O der Schande! Ja Mathilde,
ich will mich rüsten, die Wiederwärtigkeiten unf-
rer Liebe zu bekämpfen. Land, Gold und Gefolge
hat dein Siegfried nicht; aber ein Herz sonder
Trug, und eine Faust, gelenkt, und nervigt.
Beyde machen durch Gottes Seegen oft berühmt,
und glücklich! Ich wills wagen, will deinem
Vater meine Wünsche entdecken, und wenn er sie
billigt, begünstigt, dann gutes liebes Mädchen,
dann eil ich zu dir, und gestehe dir unverhohlen,
was mein Mund jezt noch nicht zu sagen wagt.

Siebenter Auftritt.

Mannhart, Siegfried.

Mannhart. Ach! seyd ihr da Siegfried!
nu wahrhaftig! ihr seyd doch ein Knappe, der
zum Ritter gebohren wäre.

Siegfried. Warum das?

Mannhart. Weil ihr so ohne Furcht und
Zagen Gespräche mit Geistern zu halten pflegt.
(Mit höhnischen Lächeln.) Oder warens nicht Gei-
ster, mit denen ihr da eben euer Wesen hattet?
Zwar holde liebenswürdige Geister! Sonderlich
der

der eine, dem Fräulein Mathilden so ähnlich, wie ein Ey dem andern. Das gute Kind! Gott sey ihrer armen Seele gnädig! noch so jung, und geht schon bei lebendigem Leibe spucken! Ist euch wohl sehr gewogen, der weibliche Geist? — wie? — hat euch wohl mächtige Dinge anvertraut? nicht? streitbarer Ritter?

Siegfried. (Mit verbiffener Wuth.) Einen wichtigen und lehrreichen Rath, hochweiser Stallmeister.

Mannhart. Das wäre! darf so ein Unwürdiger wie ich, diesen auch wissen?

Siegfried. Die ganze Welt kann ihn wissen, und es ist mir sehr leid, daß ich ihn nicht befolgt habe diesen Rath.

Mannhart. Nun und der wäre?

Siegfried. Mathildens Geist rieth mir, merkt wohl auf! rieth mir: Einem Schurken lieber auf 20 Schritt aus dem Weege zu gehen, als sich von seinem Anblicke vergiften zu lassen! Daher vergebt mir, wenn ich euch fliehe, denn mein Leben ist mir zu werth, als daß ich es auf eine so schnöde Art verlieren sollte. (Siegfried will ab. Kunigunde vertritt ihm den Weg :)

Kunigunde.

Kunigunde. Siegfried! nur ein Wort! trauter Siegfried! nur eine einzige Frage gewährt mir zu beantworten. Mannhart; verlaßt uns.

Siegfried. Sprecht; edle Gräfin! ich bin bereit, sie euch zu beantworten.

Kunigunde. Ihr wißt Siegfried, daß ich, hingerißen von eurer Tapferkeit, von eurem Biedersinne, mich entschloß, euch meine Hand zu geben; daß ich, uneingedenk der weiblichen Sittsamkeit, sie euch selbst antrug, und ihr! — O ich vermag nicht zurückzudenken der Schmach! ihr entschuldigtet euch mit kahlen Worten; schlugt sie aus, unter dem Vorwande, als ob ihr nur ein armer Knappe, und ich eine reiche Gräfin sey; ließt euch seit der Zeit keinen Augenblick mehr in meinem Gebiete blicken, vermuthlich aus Furcht, mit meinem Antrage bestürmt zu werden. Um nun zu erfahren, ob eure Vernunst zurückgekommen, ob ihr einsehen lerntet, daß Liebe, nichts nach Geburt, und Reichthum frägt, so besuchte ich euren Ritter, schützte Krankheit vor, um mich desto länger auf seinem Schlosse aufhalten zu können, dennoch gelang es mir bis itt noch nicht, euch anzutreffen; sorgfältig vermeidet ihr meinen Anblick. Nun hab ich euch getroffen,

nun

nun gebt mir standhafte, männliche Antwort.
Wollt ihr dies Herz, daß nur euch allein liebt,
und diese Hand? zugleich mit ihr alles, was mein
ist? Sprecht ja, oder nein.

Siegfried. Ihr wollt schlichte deutsche Antwort? Nun dann, so muß ich euchs geradezu
sagen: Ihr seyd eine mächtige reiche Frau; aber
so mächtig, so reich ihr auch seyn mögt, so will,
und kann ich nie euer Gemal werden.

Kunigunde. (Auffahrend.) Wie? — — Du?
(Ihren Zorn verbergend.) Und warum nicht Siegfried? Was ist die Ursache eurer Weigerung?

Siegfried. Weil das Weib, das ich mir
einst wähle, freyen teutschen Sinnes, eines teutschen Mannes werth seyn muß.

Kunigunde. Und bin ich es etwa nicht?

Siegfried. Ihr wolltet Männer - Antwort — — Nein!

Kunigunde. Ha, Nichts würdiger!

Siegfried. Glaubt nicht, daß ich mich durch
Drohungen abschrecken lasse, die Wahrheit zu
                                        sagen,

sagen; ich müßte keinen Tropfen deutschen Blutes
in meinen Adern haben, wenn ich es könnte. Doch vielleicht hats noch keiner gewagt,
dies zu thun, wie ich, weil ihm die Furcht
vor eurer Macht, die Zunge band. Wärt ihr
niederer Geburt, dann hätte man schon lauter davon gesprochen. Doch schlechte Handlungen der
Grossen, murmelt man nur zwischen den Zähnen.
Aber wißts von mir: Kein ächter Deutscher begehrt des Weibes, die mit Männern, wie mit
Kleidern wechselte, keines davon liebte, sondern
sich desto mehr anschaffte, um Wechsel und Manig-
faltigkeit zu haben. Kein solches Weib, und wäre sie Königin, des ganzen Erdkreises, und ich
weniger, und ärmer noch, als ich jetzt bin,
würde ich zu meiner Gattin wählen (geht ab.)

Achter Auftritt.

Kunigunde, Mannhart dazu.

Kunigunde. (Voll Wuth.) Ha Verruchter!
du hast dir dein Todesurtheil selbst gesprochen.
Du must sterben! Keine Macht auf Erden, soll
dich vom Tode retten; und könnte ich mir damit
die Seligkeit erkaufen, ich thät es nicht. Mannhart, hast du gehört, wie der Elende meiner spottete,

rete, mir frech ins Gesicht gestand, daß er mein
nicht begehre.

Mannhart. Habs, hab alles gehört, und
gesehen; aber sagte ich dies nicht voraus? Wie=
berrieth ich euchs nicht, euch einer solchen Be=
gegnung zum Zweitenmale auszusetzen.

Kunigunde. Seine Verachtung hat meinen
Entschluß bestärkt. Seine Geliebte, um derentwillen
er mich ausschlug, soll seinen Tod befördern; und
frohlocken will ich dann, wenn sein verfluchter
Körper langsame Martern ausstehen muß, um
ein Verbrechen zu gestehen, wovon er nichts weiß.
Freuen will ich mich, wenn er um Gnade fleht,
und keine erhält. Wenn er ermattet von Quälen
seinen Geist aufgiebt, will ich ihm jauchzend zu=
rufen: Das that Kunigunde, deren Liebe du aus=
schlugst!

Neunter Auftritt.

Mannhart allein.

Herrlich, alles gelingt nach Wunsche! Sieg=
fried hat sich selbst die Grube gegraben, in die er
durch meine Hülfe fallen muß; und dem glückli=
chen Mannhart wird Mathilde zu Theil, um de=

c   ren

ren Besitz ihn Fürstensöhne beneiden werden!
Wenn dies geschehen, so bin ich auf dem höchsten
Gipfel meiner Wünsche, deren ich nie gedacht,
hätte Kunigunde mich nicht selbst darauf geleitet.
Sie kann mich nie verrathen, denn ihre eigene
Ehre verbiethet es ihr. Meinetwegen klage, und
wimmere sie, wenn ihre Rache gekühlt ist, um
ihren Siegfried; ich verlache sie, und freue mich,
einen so glücklichen Tausch getroffen zu haben.
(geht ab.)

Zehenter Auftritt.
Wald mit einer Hütte.

Pilger allein. (Seine Kleidung schwarz, ohne Hut,
graues Haar, grauer langer Bart.)

Pilger. Warum werd ich von fürchterlichen
Bildern verfolgt? Warum stellt sich das Bild der
Elenden meinen Augen dar, wohin ich blicke?
Bin ich denn der Verbrecher? Hab ich denn die
eheliche Treue gebrochen? O hätten die Schwerd-
ter der Ungläubigen mein Leben verkürzt, daß ich
nie erfahren hätte, was ich erfuhr; was ich nie
gedacht; und hätte Robert nicht am Rande des
Grabes mir einen fürchterlichen Eid geschworen,
mir nicht das Bild gegeben, das sie mehr als ihr
eigenes Leben zu verwahren gelobte, nie geglaubt
hätte!

hätte! Ruhe sanft, Asche des unglücklichen Ro-
berts! ich will vor jenem Richterstuhle dort oben,
dein Ankläger nicht seyn. Aber, Kunigunde, du! —
Doch weg mit dem Gedanken blutiger Rache! —
Gelobte ich mir nicht selbst, sie nicht wegzuraffen,
in ihren Sünden, dem Ewigen nicht vorzugreifen?
Ich will es halten. Aber, meinen Sohn will ich
öffentlich davor erkennen, ihn in den Besitz seines
väterlichen Erbtheils setzen, und dann bei ihm die
Kränkungen vergessen, die ich eines untreuen Weibes wegen erlitt.

Elfter Auftritt.

Meno, Pilger.

Pilger. Ha! kömmst du ehrlicher Meno? nur
noch kurze Zeit gedulde dich; und dann wird
dir dein Herr thätig beweisen, wie lieb und werth
er einen treuen Diener hält.

Meno. Ey, lieber alter Herr! glaubt ihr,
Meno habe jemals um des schnöden Gewinstes willen, etwas gethan? Wenn ich auch arm bin, so
hat mich doch Gold noch nie angespornt, rechtschaffen
zu handeln; und glaubt ihr wohl mich besser für
die Erziehung Siegfrieds belohnen zu können, als
er selbst schon gethan hat? Ich meine oft, das

C 2   Herz

Herz springt mir für Freuden, wenn männiglich ob der Bravheit eures Sohnes erstaunet, und freudig ausruft: Siegfried ist der beste, tapferste Knappe, den man je gesehen hat! Meno! du kannst stolz auf deinen Zögling seyn! Da tritt mir denn das Wasser in die Augen für Herzenslust, daß er seinem Vater so ähnlich wird, und für Schmerz, daß ich nun wohl die Freude nicht lange mehr haben werde, um ihn zu seyn. Aber nun, da ich euch, meinen guten Herrn wieder habe, da spür ichs ordentlich, daß ich wieder anfange, aufzuleben; lustig, und guter Dinge zu werden; damit mich der Tod, wenn er kömmt heiter, und dankbar finde, für die Freuden, die mir der Himmlische Vater bescheert hat. Denn einen Vater, und Herrn wieder zu finden, wie ihr, und einen Sohn, wie Siegfried, solche Seeligkeiten gibts wenige unterm Monde.

Pilger. Wohl wahr guter Meno! Du kannst dir nun vorstellen, welche Freude ich empfinde, wenn mein Sohn von einem so treuen Knappen, wie du bist, gelobt wird. Ich kenne deine Aufrichtigkeit! Du würdest, wäre er bösartigen feigen Gemüths, ihn eben so sehr verabscheuen, als du ihn jezt liebst; und daher glaub ich dir auch alles, was du mir zu seinem Lobe sagst.

Meno.

Meno. Ihr könnts auch getrost; denn
stammt er nicht aus eurem Blute! und wär ich
wohl je werth, euer Vertrauen besessen zu haben,
wenn ich ihn nicht so erzogen, daß er euch
noch im Grabe Ehre gemacht hätte? Glaubt mirs
lieber Herr! oft ward mirs schwer, ihm seine
Geburt zu verhehlen, wenn er mich so dringend,
so flehentlich darum bat, ihm doch denjenigen
zu nennen, dem er das Leben zu verdanken habe.
Ich antwortete ihm dann : ehe und bevor ihr euer 26stes Jahr nicht angetreten, darf
ichs euch nicht anvertrauen; so lautet der Wille
eures Vaters. Ihr seyd aus edlem Geblüth, macht
euch dessen auch würdig. Ja das will ich! bei
Gott dem Allmächtigen, das will ich! rief er dann;
ich will meinem Vater zeigen, daß ich werth bin,
sein Sohn genannt zu werden! Wenn ihr da den
Eifer gehört hättet, mit dem er diese Worte aus-
sprach; die Röthe gesehen, die seine Wangen überzog;
o dann hättet ihr euch gewiß nicht enthalten können, ihm um den Hals zu fallen, und tausend
warme Küße ihm aufzudrücken; was ich dann
wahrhaftig oft gethan habe. Wenn er nach
Hause kam von einer Fehde, wo er Gefahr
hatte, und mich fragte. „Meno hab ich mich
so gehalten, daß sich mein Vater meiner nicht
schämen darf? dann fiel ich ihm um den Hals,
drückte ihn an meine Brust, und weinte,
                                        daß

daß ein so braver Sohn keine bessere Mutter habe.

Pilger. Schweig! ich bitte dich, nur von ihr schweig! Denn die Tapferkeit meines Sohnes, konnte mich auf einige Minuten lang seine Mutter vergessen machen. Doch nun erzähle treuer Meno! wie kamst du mit meinem Sohne zum Ritter Heinrich?

Meno. Ich will euch mit wenig Worten die Geschichte erzählen. Ihr wißt, daß er 4 Jahr alt war, als ihr mir ihn übergabt. Ich lehrte ihn, sobald er ein wenig größer zu werden anfieng, beten, lesen, und die Faust brauchen; ließ ihn auch fleisig zu Rosse sizen, und versuchte alljährlich, ob er ein Schwerd zu heben vermochte. Im zwölften Jahre konnt ers euch, wie ein Daus! Holla dacht ich, nun ists Zeit, daß der Knabe sich ritterlich tummeln lerne; und da ich niemanden mehr in der Welt hatte, der mich anging, so verkaufte ich mein bischen Habe, schaffte mir drey tüchtige Rosse, und zog hieher zum Ritter Heinrich; denn das schien mir der rechte Mann für euren Sohn. Ich stellte ihm den Knaben vor; erzählte ihm, daß er eines wackern Ritters Sohn sey; daß ich aber seinem Vater hätte angeloben müssen, jedermann seine Geburt

zu

zu verschweigen. Der Ritter, hatte gleich seine
Freude an ihm, und schwur, wenn er sich tapfer
hielte, ihn gewiß zu belohnen. Nun gab ich ihm
das von euch erhaltene Schwerd in Verwahrung;
auf so lange, bis Siegfried es durch zehn tapfere
Thaten, verdient haben würde. Herr! er war
euch noch keine vollen 16 Jahre alt, so hatte er
das Schwerd schon an der Seite.

Pilger. Er soll nicht umsonst so tapfer gewesen seyn. Bald tritt er in den vollen Besitz seines
Erbtheils, und seine unnatürliche Mutter soll innerhalb den Mauern eines Klosters ihre Sünden
hier abbüßen, damit Gott sie jenseits erbarmend
aufnimmt. Doch Meno! Du verplauderst deine Zeit, ohne zu bedenken, damit dein langes Auf-
senbleiben in der Burg Verdacht erregen könnte.
Geh, gehab dich wohl! Ich wills versuchen zu
schlafen; wenn anderst der Mann, der so schändlich von seinem Weibe hintergangen worden, noch
schlafen kann.

Meno. Gute Nacht, lieber Herr! bald, hoffe
ich, sehen wir uns zufrieden wieder! (Gehen auf
verschiedenen Seiten ab.)

Ende des ersten Aufzugs.

Zwey-

Zweyer Aufzug

Zimmer in der Burg.

Erster Auftritt.

Heinrich und Kunigunde.

Heinrich. Ihr wollt also würklich meine Burg so bald verlassen? Sprecht, hat euch jemand beleidigt? Plagt euch die Langeweile schon?

Kunigunde. Keines von beyden. Allein schon zu lange, habe ich euch mit meinem Hierseyn beläftiget. Ich bin nun völlig genesen, und kann also ohne Gefahr nach meiner Burg reisen. Auch wird meine Gegenwart dort nothwendig seyn; denn zu lange bin ich schon davon entfernt gewesen.

Heinrich. Nun dann, so will ich euch auch mit Bitten nicht länger beläftigen. Doch diesen Tag werdet ihr wohl noch bei uns zu bringen?

Kuni

Kunigunde. Das will ich. Allein, Ritter! sagt, wie soll ich euch für eure Sorgfalt wehrend meiner Krankheit, für euren Eifer zur Herstellung meiner Genesung genug danken?

Heinrich. Keinen Dank! ich freue mich, das Weib meines verstorbenen Freundes in meiner Burg gehabt zu haben. Und daß ihr dieselbe bald wieder, und geliebts Gott! in bessern Gesundheitsumständen als jezt besuchen mögt, ist mein Wunsch.

Kunigunde. Da ihr keinen Dank annehmen wollt, so verbindet mich die Freundschaft, eine Sache zu entdecken, deren Verheimlichung euch vielleicht noch unwillkommner seyn mögte als die Entdeckung.

Heinrich. Und diese Sache ist? Ich bitte euch — sprecht — ihr reizt durch Schweigen meine Ungeduld —

Kunigunde. In das Herz eurer noch unschuldigen Tochter hat sich ein schlauer listiger Buhle eingeschlichen, der euch, und euren Stamm schändlich entehrt. Verhütet also noch frühzeitig das Uebel, welches daraus entstehen könnte. Er ist schlau, euer Vermögen ist groß genug, ihn zu

reizen,

reißen, und es könnte leicht etwas geschehen, worüber sich der gute alte Vater, die grauen Haare ausraufen möchte.

Heinrich. Sagt, ich beschwöre euch! Wer ist er? Nennt mir den Namen des Nichtswürdigen! Wer ist der Bösewicht?

Kunigunde. Dieser Bösewicht ist — — euer Knappe Siegfried.

Heinrich. Siegfried? — mein Knappe? — nicht möglich, nein! nein! Gräfin ihr irrt euch in eurer Muthmassung.

Kunigunde. Nicht Muthmassung, sondern gegründeter Argwohn! Vernehmt den Beweiß. Gestern als ich, den herrlichen Abend zu genießen im Garten lustwandelte, da sah ich euern Knappen mit Mathilden und Gertrud in traulichem Gespräche begriffen; doch bei meiner Annäherung entflohen sie schnell; nur das sah ich noch, daß er beim Abschied ihre Hand ehrerbietig, wie es einem Paladien gebührt, küßte.

Heinrich. Siegfried liebt meine Tochter? Sie ihn?

Kunigunde.

Kunigunde. Ritter dies euch zur Warnung. Ueberdenkt es wohl, und nehmt mit Klugheit Maaßregeln, wie ihr diesem Uebel steuern möchtet. Doch vergeßt vor allem nicht, daß die Freundin euch dies blos entdeckte, und daher ihr Name nie genennt werden darf.

Heinrich. Gut! — Das soll er nie; stillschweigend will ich der Sache nachspüren, um mich zu überzeugen, ob ihr recht gesehen, oder nicht?

Kunigunde. Recht! Bald werdet ihr erfahren, daß ein paar Weiber Augen bei Nachtzeit heller sehen, als hundert Männeraugen am hellen Tage. Doch wenn ihr mit Siegfried darüber rechtet, so vergeßt nicht, daß ich euch dies alles unterm Siegel der Verschwiegenheit entdeckt habe, und daß ich nicht gerne für ein Weib möchte gehalten werden, die Unfrieden in eure Burg gebracht hätte. (Geht ab.)

Zweyter Auftritt.

Heinrich allein.

Also, Mathilde wäre der Preiß, um den du mir treu dientest? Wäre traun keine üble Belohnung.

lohnung! Dieß Mädchen, das mein Stolz ist,
soll niemals das Weib eines armen Knappen
werden. Darum hätte ich schon so viele abge=
wiesen, um sie für ihn aufzubewahren? Nein
guter Siegfried, diesmal hast du deine Rechnung
ohne den Wirth gemacht! Doch da kömmt er
eben. Ich will ihm ein wenig auf den Zahn
fühlen.

Dritter Auftritt.

Heinrich und Siegfried.

Heinrich. Kömmst wie gerufen Siegfried,
um mir die lange Weile zu vertreiben Die Stun=
den schleichen izt so einen Schneckengang, daß sie
mir so lang vorkommen, wie ehedem eine ganze
Woche.

Siegfried. Hab euch eben fragen wollen,
ob wir nicht einmal wieder auf die Jagd gehen,
weil wir keine nothwendigere Beschäftigung wissen?
Doch ein Mann, ein Ritter, wie ihr, der sollt
ich denken, könnte nun eben über Langeweile nicht
sehr zu klagen haben; sein Gedächtniß, muß ihm
meines Erachtens ein sehr unterhaltender Gesell=
schafter seyn. — Ihr habt doch in eurem Leben
eine

eine ziemliche Summe ritterlicher Thaten voll-
bracht, und ihrer zu gedenken. — —

Heinrich. Ist nicht immer der beste Zeitvertreib Siegfried. Hätten wohl viele besser seyn,
und reichhaltigern Gewinn bringen können. Doch
da einmal die Rede davon ist, so sage mir Siegfried, welche meiner ritterlichen Thaten dir wohl
die ruhmwürdigste zu seyn dünkt?

Siegfried. Das läßt sich nicht so gleich be-
stimmen Ritter! Doch liegt mir eine ganz vorzüg-
lich im Sinne, die ich wohl gethan haben mögte.

Heinrich. Nun die wäre?

Siegfried. Entsinnet ihr euch noch, wie ihr
den Beno von Inheim mit einem einzigen Lanzen-
stoße von der Mähre stürztet, und den rasen-
den Unhold so im Hau vor Gottes Gericht
jagtet?

Heinrich. Brachte mir nichts ein!

Siegfried. Blanken Plunder freylich nicht;
aber gewiß mehr Ehre, als hundert von euren
übrigen Ritterthaten. — Wißt ihr noch, wie
fast männiglich ob des kühnen Beginnens erstaun-
te,

te; wie die armen gepreßten Lehensleute und Un-
terthanen des grausamen Beno um euer Roß
knieeten, und euch mit gefaltenen Händen für
ihre Rettung dankten? Wie dann sein unschuldiges Weib, das seit 5 Jahren kein Tageslicht gesehen, keinen Zug reiner frischer Luft eingeath-
met, kein trostreiches Wort aus Freundes Mun-
de gehört hatte, wie die dann aus ihrem Kerker
wieder in Gottes freye Luft heraustrat, nieder-
sank auf ihre Knie, und ihren heissen Dank, für
ihre so sehnlichst gewünschte Befreyung bald gegen
den Himmel, bald gegen euch stammelte? und wie
endlich Benos vertriebener Bruder, die fromme
gemißhandelte Wittib, zu einer glücklichen Gattin machte? Wißt ihr das alles noch Ritter?

Heinrich. Weißt die Sache recht stattlich
auszumalen.

Siegfried. Nach der Wahrheit Ritter! Thaten, die nicht das Gepräge des Eigennutzes tragen,
die so ganz zum Heil, und zur Freude anderer geschehen, o die sind so reiner himmlischen Natur,
daß der liebe Gott selbst Freute darüber haben
muß, und zieren einen wackeren Ritter wohl am
meisten. Hundert solche Thaten, sollt ich meinen,
müßten einem in langweiligen Stunden, durch
Wiedererrinerung einen gar lieblichen Zeitvertreib
geben.   **Heinrich.**

Heinrich. Traun! Siegfried du sprichst ja, als ob du bei den Mönchen in die Schule gegangen wärest. Warhaftig, wenn mich jemand zu einer Wallfart ins gelobte Land bewegen könnte, so wärst du es.

Siegfried. Nicht doch Ritter! Nicht meine Worte, die gute Sache selbst geht euch zu Herzen! Sagt, wärt ihr wohl itzt eines ähnlichen guten Werks fähig? — Es bedarf keiner Fehde, keines Blutes, nur eines einzigen günstigen Wortes, und das lebenslängliche Glück eines Menschen, ist gebaut.

Heinrich. Erklärung, Siegfried!

Siegfried. Die Sache, betrifft mich, euren Knappen.

Heinrich. Rede! Was soll ich dir thun? Doch nein! schweig, mögtest mir sonst zuvorkommen. Habe längst deine düstere schwermütige Miene bemerkt, und die Ursache derselben errathen. Will dir deinen Wunsch gewähren.

Siegfried. Wollt ihr Ritter? Wollt ihr?

Heinrich.

Heinrich. Hasts längst verdient. Wurdest nur noch neuerdings von männiglich wegen der Sorgfalt und des ritterlichen Eifers bei der Gefahr meiner Tochter gepriesen. Sollst den Lohn aus ihrer eigenen Hand dafür empfangen.

Siegfried. Ists möglich! versteh ich euch recht Ritter?

Heinrich. Bist Freudetrunken! nun! bleib nur bei Sinnen! — Kann dirs nicht verargen, daß du dich endlich aus der Knappenschaft hinnaus, und nach Helm und Schild sehnst! Harre nur noch einige Monate, so sollst du deines Wunsches theilhaftig, und vor den Augen der edelsten, aufs feyerlichste zum Ritter geschlagen werden. Mathilde soll dich mit dem Ritterschwerd umgürten, soll den Helm dir reichen. Meine Burg am Walde sollst du zum Lehen empfangen, und einen Troß meiner Knechte dazu. Wirst doch ein treuer Lehensmann seyn? Mir aufs erste Wort wieder meine Feinde dienen? Gut und Blut, wenns Noth thut, mit mir theilen?

Siegfried. Dürft ihr meine Treue bezweifeln? Ha daß ich mich so gleich in einen blutigen Kampf für euch stürzen könnte! Ihr habt mir große Dinge verheißen Ritter! Dinge, die

mei-

meines sehnlichsten Wunsches werth sind! und doch gibts noch ein höheres Gut auf Erden, nach dem ich trachte, ohne welches mir alle übrigen nichts nützen, mich nicht erfreuen, mich nicht glücklich machen können.

Heinrich. Das ich dir aber zu geben vermag?

Siegfried. Ihr, Ritter, sonst keiner.

Heinrich. Kunigunde solltest du recht haben? (zu Siegfried.) Und dies Gut wäre?

Siegfried. Mathilde, eure Tochter!

Heinrich. Was — — ? Meine Tochter! Uebermütiger stolzer Knappe! wo denkst du hin? Dir meine Tochter? Wer bist du? Dank dir Kunigunde, du sprachst Wahrheit! — Komm her Uebermütiger! (Führt ihn zu einem Fenster) Sieh hier gegen Morgen. Eins, zwey, drey, vier Schlösser! wem gehören diese?

Siegfried. Euch.

Heinrich. (Zu einem anderen Fenster.) Und dahin ein, zwey, drey! wem sind die eigen?

d   Siegf.

Siegfried. Euch.

Heinrich. Und wer ist dort Herr, von denen gegen Abend und Mitternacht?

Siegfried. Ihr.

Heinrich. Und die ächten vollwichtigen Schätze, die hier in dieser Burg verwahrt liegen? Wessen Eigenthum sind sie?

Siegfried. Bedarfs einer Antwort?

Heinrich. Gelt, das alles zusammengenommen, macht einen stattlichen Brautschatz? Lüstete manchen schon der Gaumen darnach. Jetzt sag du an Knappe, wo liegen deine Schlösser und Schätze? Im Monde vieleicht? Wohlan! Bringe sie herab, und mache sie sichtbar, so soll Mathilde dir werden! aber so, wie du dastehst, leicht und lüftig, überall unterm freyen Himmel zu Hause, so wärst du mir traun, ein achtbarer Eydam!

Siegfried. (Voll Wuth) Ritter! um der ewigen Seligkeit willen, haltet ein! und treibt mir euren Gift nicht so gewaltsam zu Herzen. Ich war auf viele Bitterkeiten gefaßt, aber solche

Schmäh-

Schmähungen, solcher Spott — Ha, Ritter! Hab ich den um euch verdient? Ihr wollt wißen, wo meine Schätze und Schlößer liegen? Hier in meinem rechten Arm, wenn ich ihn brauchen will. Gelt, die eurigen lagen auch einst da? Und mit diesem rechten Arme, gedenke ich, der Sprößling eines ächten deutschen Ritters, dereinst einen schändlichen Spott zu rächen, so wahr ich Siegfried heiße! (Geht ab.)

Vierter Auftritt.

Heinrich allein.

Geh nur, junger Adler! hast dich zu nahe an die Sonne gewagt, und dir's Hirn versengt! Magst flattern, bis du kälter wirst, und einsehen lernst, daß du dich mit deinem Begehren zu hoch verstiegen hast! Aber deinem lieben Vögelein, das dir den wonnigen Minnegesang flötet, und dich wie Kunigunde sagt, im Mondschimmer umschwebt, diesem deinem Vögelein wollen wir einen engern Käsigt geben, damits nicht zu leichtsinnig umherflattere, und an der Leimruthe kleben bleibe. (Man hört leuten.) Was ist das? (Will ab.)

Fünf-

Fünfter Auftritt.

Meno und Heinrich.

Meno. Ein Knappe ist an der Pforte, und verlangt euch zu sprechen; er scheint Eile zu haben.

Heinrich. Laß ihn kommen? — Wenns Fehde bedeutet, so freuts mich; bin recht dazu gestimmt.

(Meno und der Knappe tretten ein.)

Knappe. Ritter Klaus von Grießingen läßt euch, Ritter von Stauffen, seinen nachbarlichen Gruß entbieten, und euch melden, wie daß Graf Johann der Schwarze im Anzuge sey, und meinem Ritter Fehde geboten; daher er euch freundschaftlichst um nachbarliche Hülfe ansuchen läßt, wasmassen der schwarze Hanns einen namhaften Troß führet, und meinem Ritter sattsame Mannschaft mangelt.

Heinrich. Kommt wie gerufen der Handel! Entbiete deinem Ritter meinen freundlichen Gegengruß, und sag ihm, daß ich mit all meiner Mannschaft mich baß fördern werde, ihm Hülfe
zu

zu leisten. Spute dich mit der Nachricht. He
Meno! gieb ihm einen Becher Wein, und Brod
dazu.

Knappe. Ritter! Eure gute Botschaft ist
mir willkommener, als der Wein. Ich will lieber schnell reiten, meinen Ritter von dem guten
Erfolg meines Auftrags zu benachrichtigen. Gott
lohn euch eure Bereitwilligkeit:

Sechster Auftritt.

Meno und Heinrich.

Heinrich. Laß alle Reisige, und Knappen
aufsitzen, Alter! wollen uns Ehre einlegen, bei
dem Handel. (Meno giht ab.)

Der schwarze Hans soll sich über seinen Willkomm wundern! = Noch vor Kurzem gelüstete mir
selbst nach deinem Eigenthume alter Klaus; —
doch nun suchst du Hülfe bei mir, und sollst
dich in deinem Vertrauen nicht betrogen haben! —
Aber, Siegfried muß dabei seyn, — ist ein tapf-
rer Junge! Hat dir so viele Dienste geleistet,
deiner Tochter das Leben gerettet, — und ists
denn ein Verbrechen, wenn er sie lieb gewonnen,
wenn er auf diese Hoffnung gestützt, es gewagt
hat,

hat, um ihre Hand anzuhalten? Pfui, Heinrich! Haft deinem Knappen übel begegnet, ihn beschimpft, ihn gehöhnt, ihn gemartert. Pfui! Wär er Ritter, dann würdest du es ihm schwer büßen müssen. Muß ihm friedliche Sühne bieten! Siegfried! (an der Thüre.) Siegfried! (Meno tritt ein.) Wo ist Siegfried?

Meno. Ist nirgend vorhanden; ist trüben Sinnes von dannen gezogen, und nicht wieder heimgekehrt.

Heinrich. Hm! mag ihn wohl geschmerzt haben; wills vergelten, will meine Hitze wieder gut zu machen suchen. Geht! Sucht ihn auf! Der ihn bringt, bekömmt eine Münze schweren Silbers. (Geht ab.).

Meno. Den will ich bald finden, wird wieder im Tannenwalde herumlaufen, und Grillen fangen. Muß ihn doch aufsuchen. (Geht ab.)

Sie=

Siebenter Auftritt.

Ein Theil des Waldes an der Burg.

Siegfried allein.

Wo bin ich? träum ich? oder wach ich?
Ja, ja, ich wache, höre den Sang der Vögel,
fühle den Boden, den ich betrete, weiß, daß ich
mich bewege; gewiß, ich wache! — Aber als ich
um Mathilden warb, da träumte ich, — — so
ists! — Jener Wonnevolle Morgen war Traum
von Gefühl eines andern, glücklichen Lebens! und
der schaudervolle Augenblick, in dem sie mir Heinrich abschlug, meines Biedersinnes spottete, mich
verhöhnte, war Wahrheit. — Eine Stunde ist
so eine kurze Zeit, eine Reihe weniger Minuten,
und doch kann der Mensch, in dieser so kurzen
Zeit, vom Himmel in die Hölle herabgestürzt
werden. Der Mensch ist nach dem Ebenbilde
Gottes geschaffen. Heinrich! Heinrich! Bist du
es auch? — Deine Tochter konntest du mir ver-
sagen; dies zu thun, gewährt dir der Name
Vater! Aber mir mit so tobender Verachtung die
Ferse auf den Nacken zu setzen, das war zu viel,
für den Sohn eines freyen deutschen Ritters, das
kann, das werd ich dir nicht vergessen.

Ach-

Achter Aufritt.

Meno und Siegfried.

Meno. Nun, dacht ichs doch, daß ich euch finden würde! Aber was ist denn das? Ihr seht ja so vertieft aus, als wenn ihr ausgrübeln wolltet, wie lang und breit die Ewigkeit sey.

Siegfried. Ha! bist dus Meno! bist wohl lustiger Laune?

Meno. Mein väterliches Erbtheil. — Aber sagt mir, was ist eures Thuns dahier?

Siegfried. Weis nicht, Meno! — Das deinige?

Meno. Euch zu suchen.

Siegfried. Mich zu binden, und in den Thurm werfen zu lassen. Nicht?

Meno. Seyd ihr kranken Hirns, armer Siegfried? Binden! hat sich was zu binden! hab zwar mein Lebtag seltsame Dinge gesehen, aber einen gebundenen Löwen noch nicht. Ritter Heinrich hat fast alle seine Reisige ausgesandt, euch zu

suchen,

suchen; aber ich gieng gerade hieher, war wohl
versichert, euch anzutreffen. Kommt, Siegfried!
kommt in die Burg! es giebt Fehde!

Siegfried. Fehde? Ist es auch gewiß
Fehde? —

Meno. Nu, freylich wohl! Gleich nach eurer
Auswanderung kam ein Eilbote vom Ritter Klaus,
sprach mit dem Ritter, und jagte ohne was genossen zu haben, eiligst wieder davon. Nun wißt
ihr wohl, daß ihr des Ritters Meisel beim Hand-
werk seyd! Säumt also nicht, er harret Euer,
wie ein Weib auf die Rückkunft ihres Mannes
aus der Schlacht.

Siegfried. Ha! Meno, daß ich dir diese
frohe Mähre nicht gleich mit 100 Mark löthigen
Silbers bezahlen kann! Doch, sollst sie gut behalten.

Meno. Dem Himmel seys gedankt, nun
seyd ihr wieder Siegfried! Fehde!! Fehde gibts!

Siegfried. Hat sich sonst nichts begeben?
Wurde das Fräulein nicht zum Ritter gerufen?

Meno. Bewahre! Das Fräulein sah ich, nicht weit von hier, als ich herkam, lustwandeln; und in der Burg ist männiglich mit dem Heergeräth beschäftigt; denn binnen kurzer Zeit, muß Mann und Roß schon auf der Straße seyn. Der Ritter selbst will uns geleiten.

Siegfried. Das Fräulein, sagst du, lustwandle hier?

Meno. Ja! wird wohl noch nichts von der Fehde gehört haben. Doch da kömmt sie, ich will voran gehen; meine Persohn dünkt mich bei einem solchen Gespräch überflüßig zu seyn. (Geht ab.)

Neunter Auftritt.

Siegfried und Mathilde.

Siegfried. Wie, edles Fräulein! so einsam wandelt ihr hier?

Mathilde. Ich liebe die Einsamkeit. Es ist so süß, den stummen Bäumen hier sein Leiden anzuvertrauen.

Siegfried.

Siegfried. Leiden? Von welcher Art mögen die seyn, die ein so edles Fräulein kränken können?

Mathilde. Leiden der Seele, guter Siegfried!

Siegfried. Doch nicht Bekümmerniß eures Vaters wegen?

Mathilde. Meines Vaters wegen? Wie das, trauter Siegfried?

Siegfried. Meno brachte mir eben Bothschaft, Klaus von Grießingen habe durch einen Bothen eures Vaters Hülfe entbiethen lassen, und dieser will nun selbst seinen Troß anführen. — Doch, ich muß eilen, man bedarf meiner. Lebt wohl edles Fräulein.

Mathilde. Lebt wohl Siegfried, aber schont eures theuren Lebens! Ich hatte heute Nacht einen Traum; ich sah euch in eine tiefe Grube sinken. Wollte Gott! daß ich in dieser Fehde, nicht Auslegung des Traumes finde. Schont eurer ja!

Siegfried. Schonen? — schonen darf ich mich nicht; kein Ritter, kein Knappe darf das?

Mathilde.

Mathilde. Aber ihr wagt euch immer ins furchtbarste Gewühl, wo der Tod am wohlfeilsten ist. Ihr seyd freylich tapfer Siegfried, aber wieder den Unstern vermögt ihr doch nicht zu kämpfen; und wenn euch ein Unglück übermannte, euer Leben raubte — dann Siegfried! — dann —

Siegfried. Nun dann würde man den Knappen begraben, vielleicht ihm eine Tanne auf seinen Hügel pflanzen, und zuweilen seiner als eines Traumbildes gedenken; — nicht Fräulein? —

Mathilde. Als eines Traumbildes? Siegfried schont eures Lebens! — Das wachende Auge Gottes, geleite, und schütze euch! Denkt auch im wildesten Kampfe an Mathilden, die für euch bethet.

Siegfried. Das will ich, bei Gott! das will ich! und dieser Gedanke wird mich stärken; mir Muth, und Kräfte geben, die Feinde zu überwinden. (Will ab.)

Mathilde. (Vom Gefühl der Liebe durchdrungen, ruft ihn, wenn er schon am Ende des Theaters ist, noch zurück.) Siegfried! keinen Abschied! von Mathilden, die euch unaussprechlich liebt!

Siegfried.

Siegfried. (Eilt in ihre offene Arme zurück, und da er sie umarmen will, tritt Kunigunde schnell ein. Beide, starr vor Schrecken, bleiben in der nemlichen Attitüde stehen.)

Zehenter Auftritt.

Kunigunde, Siegfried, Mathilde.

Kunigunde. Herrlicher Anblick! Der Knappe schnäbelt hier mit dem sittsamen Fräulein, indeß der Vater seine Tochter sucht, um vielleicht auf ewig Abschied von ihr zu nehmen. Schade, daß der Ritter bei diesem Auftritt nicht gegenwärtig war; müßte eine herrliche Freude darüber gehabt haben!

Siegfried. So höhnisch lächelnd, konnte nur Satan über den gefallenen Sünder sich freuen. — Doch Kunigunde kann es auch; — denn von so einem Weibe, — bis zum Satan! — welch kleiner Unterschied. (Geht ab.)

Kunigunde. Seht doch den übermütigen Knappen! Dies alles habt ihr veranlaßt.

Mathilde. Ich? wie das?

Kunigunde. Weil er sich schon im Besitz eurer Person, und des väterlichen Erbtheils dünkt. Aber — so tief werdet ihr doch nicht herabsinken, daß ein elender Knappe der schönen Mathilde Gemahl würde?

Mathilde. Wäre es für mich entehrend, die Gattin eines so edlen tapfern Jünglings zu werden, der — doch mein Vater harret meiner. Lebt wohl, edle Gräfin.

Kunigunde. Ich begleite euch; denn auch ich will Abschied nehmen von eurem Vater! (Gehen ab.)

Elfter Auftritt.

Saal in der Burg.

Heinrich, Siegfried, Mannhard, Meno, Knappen, und Reisige, alle bis auf Mannhart gerüstet.

Heinrich. Klaus von Grießingen mein Bundesgenosse, und Waffenbruder, ließ mich durch einen Eilbothen benachrichtigen, was maßen Graf Johann der Schwarze ihn befehde, und bei mir um Hülfe anhielt. — Nun weiß ich

ich zu gut, daß ihr alle, ohne Ausnahme tapfere Knechte seyd, und brauch euch also nichts zu sagen, als daß ihr euch in dieser Fehde, eben so tapfer haltet, wie ihr bisher gethan; damit wir mit Ehre und Ruhm, wieder in unsere Heimath zurückkehren. Unsere Losung, ist die alte: — Sieg, oder Tod! Ich führe den Vortrapp, — und du Siegfried mit 40 Reisigen den Nachtrapp, und so werden wir, wills Gott! dem schwarzen Hanns den Heimweg verquälen. (Zu einigen Knechten) Ihr bleibt zurück, und gewahrt meine Burg, damits nicht etwa während meiner Abwesenheit einen gelüste sie anzutasten! — — (Mathilde und Kunigunde treten ein.) Leb wohl Tochter! (Führt sie bei Seite.) Hätt wohl noch ein Wort mit dir zu sprechen, — doch ich will mir kein übles Blut auf die Reise machen! Leb wohl : (küßt sie auf die Stirn.) Ich hoffe dich bald wieder zu sehen.

Mathilde. Gott geleite euch glücklich wieder in meine Arme zurück mein Vater!

Heinrich. Auch ihr edle Gräfin! lebt wohl! ich hoffe euch bei meiner Zurückkunft noch zu sehen! — Und nun auf!! Der Himmel gebe unsren Waffen Sieg! (Gehen alle ab. Man giebt einen Trompetenstoß, und der Vorhang fällt.)

Drit-

Dritter Aufzug.

Garten.

Erster Auftritt.

Kunigunde, Mannhart, Wert.

Kunigunde. Ist alles bereit?

Wert. Alles! — sorgt für nichts. Mein Pferd, steht an der kleinen Gartenthüre; ein Wink von euch, und ich versichere mich meiner Beute, die mir der Teufel selbst nicht abjagen soll.

Kunigunde. Nun so geh, du wirst belohnt werden, daß es dich nie gereuen soll, mir gedient zu haben. Nur vermeid die Straße, damit man dich nicht wahrnimmt, und such auf lauter Unwegen nach meiner Burg zu kommen!

Wert.

Wert. Bin ja der Gegend, wie ein Spür-
hund kundig. Es soll so geschickt geschehen, daß
man glauben muß, der Teufel habe sie entführt.

Kunigunde. Hast du den Schleyer besorgt?

Wert. Ja wohl! hängt allerliebst auf einem Baume, soll ihnen zum Wegweiser dienen!
Ha ha ha! werden eine Freude haben, wenn sie
so in Gottes weite Welt die Beine müde laufen,
und am Ende, weder aus noch ein wissen.

Mannhard. Fort, fort! Dort sehe ich
Mathilden mit ihre Zofe kommen; müßen nun
unsre Kleidung verändern. (Geht schnell ab.) Nur
auf das Zeichen aufgepaßt:

Kunigunde. ,,Schnell, und behutsam! ,,
sey eure Losung, und es wird euch nicht fehlen.

Wert. Kann gar nicht anders seyn. —
(Geht Mannhart nach.)

Kunigunde. Jetzt Kunigunde gilts! — Dieses ist der entscheidende Augenblick deine Rache zu
befriedigen, und deine verschmähte Liebe zu rächen. — Sie kommen! Verstellung, steh mir bey!

e   Zweyter

Zweyter Auftritt.

Kunigunde, Mathilde, Gertrud.

Mathilde. Siehst du! überall verfolgt mich dieses fürchterliche Weib — Gertrud! wäre doch mein Vater schon wieder hier.

Gertrud. Ey, trautes Fräulein! Es sind noch nicht 24 volle Stunden verflossen.

Mathilde. Und Siegfried, ob er wohl gesund, und unverlezt wieder heimkehrt?

Gertrud. Ey was sollte er nicht! Solche tapfere Männer haben immer einen geheimen Schutzgeist, der sie nie verläßt.

Kunigunde. (Tritt näher.) Nun, Fräulein! wird euch die Zeit lang nach eurem Geliebten? Tröstet euch! bald wird der Schildknappe kommen, um in die Arme des geliebten Fräuleins zu sinken, — Wonne zu saugen von ihren Lippen —

Mathilde. Gertrud! komm zurück in das Schloß, ich wollte den schönen Morgen geniessen; aber ich sehe, man gönnt mir nicht einmal

mal das unschuldige Vergnügen. — Es gibt doch neidische Seelen! —

Kunigunde. Was das Täubchen doch Galle hat! Ihr müßt mich nicht verkennen, Mathilde! — meine ja alles zu eurem Besten. Ihr seyd so schön, daß der edelste Ritter im ganzen Lande sich nicht lange besinnen würde, euch zu ehlichen. Und ihr vergeßt euren Stand, euren Reichthum, und wollt, o Pfui! ich mags nicht denken, ihr wollt einem Knappen den Minnesold geben.

Mathilde. Bei mir kommt Reichthum und Stand in keine Betrachtung. Derjenige der tapfer, der edelmütig, der von jedem rechtschaffenen Manne geschätzt ist, wird es auch von mir. Es ist zwar nur ein Knappe, aber hätte mancher Ritter so wenig als dieser Knappe, müßte er sich durch Thaten empor schwingen, o er bliebe gewiß ein lebenslänglicher Waffenträger, indeß sich dieser zum ersten Ritter im ganzen Reiche hinauf schwingen würde.

Kunigunde. Ihr seyd ja ganz begeistert von diesem holden Paladin! Er hat ziemlich tief in euer Herz eingenistet, daß er auch schon alle Begriffe von eurer Geburt weggeschwäzt hat.

e 2 **Mathilde.**

Mathilde. Das that er nicht, dies that meine verstorbene Mutter. Sie prägte mir frühzeitig ein: Adel des Herzens sey der größte Adel; das übrige, kömmt auf ein blindes Ohngefähr der Geburt an, jenen aber müße der Mensch sich selbst geben.

Kunigunde. Eure Mutter, der Himmel habe sie selig, war eine gute Frau, meinte es gut mit euch; aber sie dachte damals gewiß nicht, welche üble Folgen, dieser ihr mütterlicher Rath nach sich ziehen werde. Habe die gute kaum zweymal gesehen; sie zog nirgends hin, zu keinen Turnier, Banqueten, oder sonstigen Lustbarkeiten, sondern saß immer bei ihrer Spindel, und erzählte euch Mährchen; — nicht so? —

Mathilde. Wenn ich euch bitten darf, verschont meiner Mutter Asche! Ihr Gedächtniß ist mir heilig, es darf nicht entehrt werden.

Kunigunde. Ihr habt doch wohl noch eine Abbildung von ihr? Wollt ihr mir sie zeigen.

Mathilde. (Nimmt das Bild, das sie in ihrem Busen hat, und giebt ihr selbes.) Warum das nicht? — hier!

Kunig.

Kunigunde. Gut, recht gut getroffen! ganz die Züge der einfachen, stillen Hausmutter. (Sie läßt das Bild fallen, erschrickt darüber, und schreit laut. Auf dieses Signal kommen Mannhart und Werth hervor, bemächtigen sich Mathildens, die bei ihren Anblick in Ohnmacht gefallen, und tragen sie ohne Sträuben fort. Gertrud läuft voll Schrecken ab, und schreit: Hülfe! Hülfe! — Kunigunde, die ebenfalls Schrecken gezeigt, sieht ihnen einen Augenblick nach, und dann kömmt sie hervor.) Herrlich, herrlich! erwünschter konnte es nicht gehen. Nun sträube dich, wie du willst, aus diesen Händen kommst du so nicht wieder los. Nun noch Siegfrieden in die Falle, und ich bin zufrieden!

Dritter Auftritt.

Mannhart und Kunigunde.
(Ersterer in seiner ordentlichen Kleidung.)

Kunigunde. Ist sie fort ?

Mannhart. Ja! Sie lag in einer starken Ohnmacht, als ich sie ihm aufs Pferd gab; und er eilt pfeilschnell davon. Ich verbarg geschwind meine Kleider, will jezt nach dem Schlosse gehen, und zum Ueberflusse mit ein paar Knechten, auf der entgegengesetzten Strasse nacheilen, damit kein Verdacht, auf uns fällt. (Will ab.
Teufel!

Teufel! was ist das? Siegfried kömmt wie wüthend die Allee her!

Kunigunde. Was, der schon zurück! das ist schnell! Mannhard komm geschwind zu mir: (Sie wirft sich auf eine Rasenbank, als ob sie ohnmächtig wäre; Mannhart, thut als ob er sie labe.

Vierter Auftritt.

Siegfried. (Der Gertrud hastig hereingeführt.) Mena.

Gertrud. Um Gotteswillen, laßt mich! ich kanns euch nicht anderst sagen, als daß Mathilde entführt ist.

Siegfried. Und welcher Teufel, dies gethan hat, welchen Weg sie genommen, das weißt du nicht?

Gertrud. Ach ich lief vor Schrecken ins Schloß, um Hülfe zu rufen, und da kamt ihr zu gutem Glück.

Siegfried. (Die Gräfin und Mannhart erblikend.) Ha, Gräfin! ihr wart auch dabey! Sagt wohin, auf welche Seite schleppten sie sie fort!

Kunig.

Kunigunde. Soviel ich weiß, auf jene Seite, (eine entgegengesetzte bezeichnd.) zur großen Gartens thüre hinaus, mehr weiß ich nicht! Mein Bes wußtseyn verließ mich; ich fiel ohnmächtig nieder.

Siegfried. Und kein Mensch ihr nach, um sie zu retten? — Nun dann, auf Meno! wir wollen ihnen das Fräulein abjagen, und wenn sie damit gegen den Himmel gefahren wären; komm! (schnell ab.)

Meno. Siegfried! ihr vergeßt die Pferde! Er hört und sieht nicht; nun, in Gottes Namen! — (Ihm nach.)

Fünfter Auftritt.

Kunigunde, Mannhart, Gertrud.

Gertrud. Ach, Gott im Himmel! mein goldenes Fräulein entführt! das liebe gute Kind, wird vielleicht gar von einem Bösewichte entehrt? O, wenn sie nur der brave Siegfried fände, der würde sie dem Unholde gewiß abjagen, dazu kenn ich ihn. Der Ritter, wenn der nach Hause kömmt, das wird ein Lärmen werden! Großer Gott! gewiß, und wahrhaftig, das ist seine Stimme! ich höre ihn, wie er toset, und

lärmet,

lärmet; ich mag nicht die erste seyn, die er in
seinem Jungrimm erhascht.

Sechster Auftritt.

Heinrich, Blaus, Griesinger, Kunigunde,
Mannhart, Knappen, und Reisige.

Heinrich. (Stürzt herein.) Gräfin, ist es wahr?
Sprecht, ist mein Kind, meine geliebte Mathilde
entführt? Wer waren die Buben?

Kunigunde. Leider! ist sie das. Wer sie
entführt, ist mir unbewußt. Es waren ihrer
zwey, pfeilschnell waren sie davon; ich sank vor
Schrecken dahin ohne Sinneskraft, bis Mannhart kam, und mich labte.

Heinrich. Nun, Freund! Siehst du, daß mich
meine Ahndungen nicht betrogen, als ich gleich
nach Siegfrieds Abreise meinen Gaul anspornte,
um zurückzukommen? Wo ist Siegfried?

Kunigunde. Den Räubern nach. (Höhnisch.)
Möchte sie wohl zu finden wissen; wird aber nicht
wollen.

Heinrich.

Heinrich. Was! ihr haltet Siegfried doch nicht gar vor den Entführer meiner Tochter?

Kunigunde. Ihn nicht gerade zu selbst, wohl aber einen seiner Spießgesellen. Es ist zwar nur Muthmaßung, die euch aber ganz natürlich scheinen wird, sobald ihr die bei der Sache obwaltenden Umstände in Erwägung ziehen wollt.

Klaus. Nein, Siegfried kahn das nicht, wenn er auch, wie ihr mir sagtet Ritter, eure Tochter lieb gewonnen hätte, so ist er viel zu edel, als zu niederträchtigen Absichten seine Zuflucht zu nehmen. Und dann, welche Umstände sind in Erwägung zu ziehen? Ihr seyd sogleich durch den einzigen wiederlegt, daß während die That verübt wurde, Siegfried abwesend war; gerade, nach vollbrachter That, im Schloße ankam.

Kunigunde. Hm! als wenn der listige Siegfried, so ein gemeiner Räuber wäre, der den Ritter nicht auf die schlaueste Weise überlisten würde. Bedenkt doch Heinrich, wie leicht es ihm wird, sich Anhang zu verschaffen! Hat er sich nicht überall die Herzen durch seine Gleißnerey und durch sein Edelthun zu eigen gemacht? folgt nicht jeder eurer Knechte seinem Winke? wird er sich also nicht mit Gehülfen versorgt haben?

Ein

Ein Knappe. (Tritt vor.) Verzeiht edle
Gräfin! Euer Stand in Ehren, aber so müßt
ihr uns Lehensknechte beym Ritter nicht schwarz
zu machen suchen. Zwar lieben wir alle Siegfrieden, aber schlechte Kerls würden wir deßwegen
doch nicht werden, und wenn wir ihn 10mal lieber hätten; und er wirds auch von uns nicht
verlangen, dazu kennen wir ihn alle zu gut.

Heinrich. Schweig!

(Klaus von Grießingen giebt dem Knappen einen Wink
zu schweigen.)

Kunigunde. Zu dem kann ich euch auf meine Ehre versichern, daß er gestern vor eurer Abreise eine geheime Unterredung im Tannen-Wäld-
chen mit eurer Tochter hatte; sie küßte, als ich
dazu kam, und erschrocken fort eilte.

Heinrich. Sie küßte? ha, Verfluchter!

Kunigunde. Noch mehr, daß er ohne ge-
nauere Kunde des Vorfalls zu haben, fort eilte,
als ob er keine bedürfte; als sey ihm das übrige schon bekannt; und, was das verdächtigste ist!
ohne Pferde zu haben, ohne Begleiter, bloß mit
einem treuen Meno zu Fuße davon eilte, um
berit-

berittene Räuber einzuhohlen. Nehmt das alles
zusammen, und die Schlußfolge wird lauten:
Siegfried muß der Räuber seyn! nicht so?

Mannhart. Nicht einmal meine Hülfe hat er
entboten, da ich doch dazu bereit war. Vermuth
lich fürchtete er sich, daß ich auf die rechte
Spur kommen möchte.

Kunigunde. Ich habe meine Pflicht gethan,
nach meinem besten Wissen gesprochen; das Handeln, ist an euch. Mögt ihr doch die Sache,
noch einmal überlegen; die flüchtigen werden Euch
Dank wissen; gewinnen Zeit dadurch, brünstige
Liebe zu pflegen, und euch, ob des gelungenen
Streiches, einen triumphirenden Schnips zu schlagen.

Heinrich. Genug! ich bitte, zersprengt mirs
Gehirn nicht vollends! in meiner Brust kocht
Zorn, und Rache, Tod und Verderben. Des Todes ist er, dieß sey geschworen, wenn er schuldig ist! Ich will ihm nach, mit eigener Hand,
will ich ihn ermorden! Auf Knappen, und Knechte! mit mir.

Klaus. Ritter! ich begleite euch; ihr seyd
fürchterlich in eurer Wuth. Könntet leicht was
im

im Zorne begehen, was euch am Ende reuen
möchte.

Heinrich. Nun, so kommt, daß er uns
nicht entgehe! — (Alle ab.)

Siebenter Auftritt.

Kunigunde und Mannhart.

Kunigunde. Herrlich, vortreflich gieng alles! Nun werde ich gerächt, und du erhältst Mathilde. Doch wie, wenn Siegfried noch für unschuldig erklärt würde, wenn — ha! Herrlicher
Gedanke — Mannhart, nimm dieses Pulver.
(Zieht ein Papier aus dem Busen.) Nimm es, und
such es bei der ersten Gelegenheit in seine Speise
zu mischen. Geschicklichkeit wird dir die Mittel
an die Hand geben, einen gefährlichen Nebenbuhler aus dem Weege zu räumen. Behutsamkeit
brauch ich dir nicht erst anzuempfehlen.

Mannhart. Sorgt für nichts. Aber nun
Gräfin! bleib ich keinen Tag mehr in dieser Burg.
Meine Liebe zieht mich unwiederstehlich nach dem
Schlosse.

Kunigunde.

Kunigunde. Bestimme deine Abreise nach
deiner Willkühr; aber denk stets darauf, daß
Ritter Heinrich keinen Verdacht fasse. So bald er
zurückkömmt, verlassen wir unter irgend einem
schicklichen Vorwande das Schloß; und du kehrst
entweder als Mathildens Retter, und künftiger
Gemahl zurück, oder der Ritter sieht seine Tochter nie wieder. (Geht ab.)

Achter Auftritt.

Mannhart allein.

Dies Gift, gehört für Siegfried; und dadurch kann der fürchterliche Nebenbuhler aus der
Zahl der Lebendigen geschaft werden. Doch was
gewinn ich dabey, wenn er tod ist? Wird nicht
Kunigunde mich aufs neue mit ihrer Liebe verfolgen? die mir durch die Länge der Zeit schon
eckelhaft geworden; und Mathilde, das schöne
reizende Mädchen wird mich, die mit ihrer Gunst
beglücken, so lange dieses Weib lebt? Darf ich
nur daran dencken? Ist mein Wille nicht durch
den ihrigen eingeschränkt? Kunigunde! dein Tod
wäre mir vortheilhafter, als jener des Siegfrieds.
(Nachdenkend.) Bleibt mir denn sonst nichts
übrig, als der leere Wunsch? Halt ich seine Ge-
währung nicht in meiner Hand? Siegfried muß als

der

der angebliche Entführer des Fräuleins ohnehin
sterben, dafür bürgen mir die Gesetze der Ritterschaft; ob eine Stunde früher oder später, das
vereitelt nichts in meinem Plan; und Mathilde
wird doch mein. Wird sie nicht ihren Befreyer,
willig die Hand reichen, wenn Siegfried tod ist.
Könnte wohl ihr Vater mir diese verweigern,
da ich mein Leben gewagt, ihm seine einzige Tochter wieder zu geben? Allein, so lang Kunigunde
lebt, muß ich immer zwischen Furcht und Hoffnung schweben. Sie ist ein Weib; wer bürgt mir
für ihre Verschwiegenheit, für ihre Rache, von
der ich sattsamme Proben habe, wenn sie den
Tod Siegfrieds bereut! Sprach sie nicht zu mir,
daß sie noch keinen Mann so, wie Siegfrieden
geliebt habe? Gewiß rächt sie sich an den Mörder
des Geliebten eben so, wie jezt an den Geliebten.
Nein, ich habe das Mittel, ihre Rache unschädlich
zu machen in Händen; meine eigene Sicherheit, be-
fiehlt mir diesen Schritt zu thun, und ich will
nicht saumen, mein Vorhaben ins Werk zu setzen.
Auch Wert soll seinen Theil davon haben, es ist
genug für beyde; ich muß ihn belohnen, ob auf
diese oder jene Art. Und ist es nicht belohnt, wenn
ich ihn von den Händen des Henkers befreye, in
die er über kurz, oder lang doch gefallen wäre?
Dann bin ich der einzige, der um das Geheimnuß
weiß; und für meine Verschwiegenheit, hab
ich

ich in Mathildens Armen den besten Bürgen.
(geht ab.)

Neunter Auftritt.

Siegfried und Meno.

Siegfried. Mathilde! wo soll ich dich finden? Welcher verruchte Bösewicht durfte es wagen, dich zu entführen, unschuldiges himmlisches
Mädchen! Ach gewiß, war meine innere Angst,
die ich nie so heftig fühlte, ein Wink vom Himmel. Und doch kam ich zu spät, dich vor dem
Unheil zu bewahren, dem du vielleicht unter-
liegst, ohne Trost, ohne Freund, ohne Retter!
Nirgends eine Spur; und wenn ich auch eine fände, wie soll ich den Räuber einhohlen? Nein,
ich muß zurück.

Meno. Ey lieber Siegfried! Ihr laßt euch
ja die Sache gar zu sehr zu Herzen gehen; klagt
ja so schmerzlich ums Fräulein, als wenn sie eure
leibliche Schwester wäre. Hört mich, Siegfried!
wenn ihr nicht unwillig werdet, so hab ich euch
eine Vorstellung zu machen.

Siegfried. Was hast du wieder für Schwä-
ke im Hirn.

Meno.

Meno. Keine Schwänke; lauter ernsthafte Dinge. Das Sprichwort sagt: Eile mit Weile! und dem sind wir auch treulich gefolgt, denn wir wollen dem Fräulein eiligst nachsetzen, und haben die Pferde zu Hause gelassen. Drum denke ich, es ist besser, wir kehren nach Hause, nehmen unsre Pferde zu Hülfe, hernach soll besser gehen; denn zu Fuße, werden wir fürwahr keine große Tagreise machen.

Siegfried. Hast recht, Meno! aber wenn ich sie auch dann nicht fände, o dann! —

Meno. Gebt euch zu frieden, wir finden eure Mathilde gewiß.

Siegfried. Meine Mathilde! sagst du?

Meno. Nu, habt nur weiter keinen Hehl vor mir: gelt, ihr habt euch das Fräulein erkohren? Habt doch Zutrauen zu mir, wißt ja, daß es auf guten Boden fällt.

Siegfried. Wer hat dir mein Geheimnuß verrathen Meno?

Meno. Ihr selbst Siegfried. Eure Traurigkeit über ihren Verlust, erklärte mir das Abschied

schiednehmen im Tannenwäldchen, und ihr mögt
euch das nicht verdrießen lassen. Eure Geheimnisse sind die meinigen, und diese beiden Arme sind
die eurigen, wenn ihr wollt. Kann Meno euch
dienen, so gebietet nur; hier habt ihr meinen ehrlichen Handschlag darauf, daß ich Blut, und Leben mit euch zu theilen bereit bin.

Siegfried. Ha Meno! warum bin ich nicht
reich geworden, dir nach Verdienst zu lohnen.
Wohlan denn, du sollst der einzige seyn, dem
das Geheimnis meiner Liebe bekannt ist; und
werd ich einst glücklich, so sey meines thätigen
Dankes gewiß.

Meno. Bin euch höchlich verbunden, guter
Siegfried. Um Gewinstes willen, begehr ich euch
nicht zu dienen. Freylich bin ich zu geringen Bluts
euer Freund zu heißen; aber es zu seyn, das
sollt ihr mir nicht wehren.

Siegfried. Sollts auch heißen. Gewiß, du
sollst —

Meno. Aber hört, was ich euch nun zu
eurer Freude sagen werde: Ihr, und Mathilde, seyd für einander geschaffen; ihr seyd beide
edlen Geblüts! Laßt also eure Liebe durch nichts ab-

f   wen-

wenbig machen. Wills Gott, so werden wir sie finden, und dann wird sie gewiß eure Gattin.

Siegfried. Glaubst du, guter Meno? O du bist wohl ein treuer Knappe, aber ein armseliger Tröster, du reißt die Wunden von neuem auf. Wisse, ich habe ihre Hand vom Ritter begehrt, weil ich mich nicht auf eine uneble Art, in ihr Herz einschleichen wollte; und er, merk dirs wohl alter Tröster! er schlug mir sie ab, verhöhnte, verlachte mich!

Meno. That er das? Ist freylich nicht recht, aber es hat gute Wege; ich wette, er wird bald anderst sprechen. Doch nun kommt, Herr, laßt uns die Zeit nicht so unnütz verplaudern.

Siegfried. Komm! Aber sieh, was flattert da am Strauche?

Meno. Es sieht einem Schleyer gleich.

Siegfried. Einem Schleyer? bei Gott! (freudig bestürzt.) es ist einer; ich wollte mein Leben verwetten, er sey Mathildens. (drückt den Schleyer an seine Brust, und küßt ihn.) O ich Unglücklicher! Was hab ich gethan? Das Glück

leitet

leitet mich auf die rechte Spur, und ich kann sie nicht ereilen! Doch nun mags gehen, wie es will, ich eile. Du geh nach Pferden, und spute dich, daß du mich einhohlst. (Will ab.)

Meno. Hört doch, ist das nicht Pferdegetrappe hinter uns? Ha fürwahr, da wimmeln Reisige zwischen den Bäumen. Was ist das? kanns nicht recht ausnehmen, meine Augen sind zu schwach.

Siegfried. Seh ich recht, oder täuscht mich mein Auge? — Ritter Heinrich, und Klaus, sammt einem ganzen Troß unsrer Männer.

Zehenter Auftritt.

Heinrich, Klaus von Grießingen, Knappen, und Reisige.

Heinrich. (Noch innerhalb der Scene.) Halt! Halt! (Schnell herein, Siegfrieden bei der Brust fassend.) Ha Bube! hab ich dich doch ereilt? Sag, Bösewicht, wo hast du sie? In welcher Räuberhöhle hast du sie verborgen?

Siegfried. (Vor Erstaunen sprachlos.) Ritter! kommt doch zu Sinnen! Ich bin ja Sieg

fried

frieb euer Knappe; bin wie ihr geschäftig, eure geraubte Tochter zu suchen.

Heinrich. Zu suchen? Ha verdammter Heuchler, vermeinst du mich durch deine Gleisnerey zu täuschen? Du, sie suchen! Nun so suche sie Verfluchter! (Will mit dem Schweerd nach ihm stoßen. Klaus fällt ihm in die Arme.)

Klaus. Ritter, mäßigt eure Hitze! Bedenkt, noch ist es nicht gewiß.

Heinrich. Ich will, er soll sagen, wo er sie hingeschleppt hat, der Bube!

Siegfried. Ritter! seyd ihr denn keines gesunden Gedanken mehr fähig? Ich weiß ja vom Aufenthalte eurer Tochter so wenig, als ihr; wie mögt ihr nur so einen schimpflichen Verdacht auf mich werfen? Fandet ihr mich jemals heimlich und tückisch im kleinen? wie sollt ichs nun im großen seyn?

Heinrich. Geständniß begehr ich! Zögere nicht länger, oder ich jage deine Seele zur Hölle.

Siegfried. Schaltet, wies euch gut dünkt Ritter! Ihr wißt, daß ich immer auf die erste

Anfrage

Anfrage ächte Wahrheit zur Antwort zu erthei=
len pflege. Ich weiß von eurer Tochter nichts,
als daß sie geraubt ist; und daß ich bereit bin,
sie in allen Winkeln der Erde zu suchen.

Meno· Ich schwöre es euch, bey Sonne,
Mond und Sternen, Ritter! Siegfried ist un=
schuldig.

Heinrich. Unschuldig! Räubergenosse, hat
der Bube nicht ein sprechendes Zeugniß in Hän=
den! Wessen ist der Schleyer?

Meno. Das mag der liebe Gott wissen!
Wir fanden ihn an jenem Strauche, hielten ihn
für Mathildens, freuten uns der entdeckten Spur,
und wollten —

Heinrich.. Ha! ein Wicht so lügenhaft, wie
der andere. Knechte, bindet sie beyde, und ver=
wahrt sie, bis wir die Gegend durchkreuzt haben.
Hier im Walde, müssen sie den Raub noch ver=
borgen halten. Aber, wer mir einen entfliehen
läßt, muß mirs mit dem Leben büßen.

Siegfried. (Wie aus einem Traume erwachend.)
Binden? mich binden!! Ha, ehe soll mich der
Oden verlassen, eh dies geschieht.

Klaus.

Klaus. (Zu Heinrich.) Laßt sie ungebunden! ich will euch für beide auf mein Ritterwort stehen.

Heinrich. Wenn das ist, so mags unterbleiben! Geleitet sie nach meiner Burg; verwahrt sie wohl, bis ich wieder komme, um über die Buben Gericht zu halten. Folgt mir. (Mit einigen Knechten ab.)

Elfter Auftritt.

Klaus, Siegfried, Meno, Reisige.

Klaus. Siegfried! du hast, wie ein geübter Ritter, in der Fehde wieder den schwarzen Hanns gefochten; und Thaten gethan, die des Neides werth sind. Du hast mir Ehre, Gut, und Freyheit gerettet, und einen unruhigen Feind, vielleicht auf immer, aus meinem Gebiethe verjagt. Es ist mir leid, daß ich dir deine Dienste vor jezt nicht besser belohnen kann, als daß ich dich von schimpflichen Banden befreyet habe. Aber bist du, wie du sagst, und ich gerne glaube, unschuldig an der Entführung des Fräuleins, dann will ich dir zeigen, daß Klaus von Grießingen geleistete Dienste belohnen kann.

Siegfried,

Siegfried. Bietet mir alle Schätze der Welt an, nichts kann mir den Verlust meiner Ehre wieder geben! Und nun muß ich unthätig werden, indeß ein Bube vielleicht in dem Besitze Mathildens meiner spottet. Ha! das alles ertragen zu müßen, mit dem vollen Bewußtseyn seiner Unschuld, das schmerzt mehr, als Pein der Hölle.

Klaus. Komm Siegfried, und du Alter, nach der Burg; ich gab eurem Ritter mein Wort, euch zu bewahren, und ich muß es halten. Kommt! Gott, der keine Unschuld unterdrücken läßt, wird auch die eurige an den Tag bringen, und euch rechtfertigen. (Alle ab.)

Zwölfter Auftritt.

Wald mit Hütte, wie im ersten Aufzug.

Werth, der Mathilden ohnmächtig hereinschleppt.

Werth. Nein, beim Teufel! weiter kann ich mit ihr nicht mehr; sie stirbt mir ja unter den Händen. (legt sie auf einen Wasen.) Muß mich umsehen, ob ich nicht ein wenig Wasser finde, sie zu laben. Vielleicht ist der alte Köhler da zu Hause? He da!

Pilger.

Pilger. (Kommt heraus.) Was willst du?

Werth. Was zum Henker ist das für eine drollige Figur? Willst du mir wohl ein bischen Wasser reichen, das Fräulein hier zu rechte zu bringen?

Pilger. Warum das nicht? (Geht in die Hütte)

Werth. Wo Teufel hat der alte Kunz den Kerl aufgetrieben? (Pilger kömmt mit einem Wasserkruge, und beschäftigt sich mit Mathilden.) Nun, da sieht man gleich, daß das Schwerd deine Sache nicht war, alter Waldbruder! weil du mit Weiberzeugs so gut umgehen kannst. Aber sag mir einmal, wie kamst du denn daher, zu dem Köhler?

Pilger. Das will ich wohl; wenn du mir vorher sagst, wie du zu dem Fräulein kommst?

Wert. Das ist ein Geheimniß, daß ich niemand entdecken darf.

Mathilde. (Schlägt die Augen auf.) Siegfried! wo bin ich? (da sie Wert erblickt.) Ha, in den Händen meines Räubers! Um des allerbarmenden Gottes willen! habt Mitleid, und bringt mich in meines Vaters Burg zurück. (Sinkt entkräftet zurück.)

Pilger.

Pilger. Räuber? Also haßt du Bube das Fräulein geraubt?

Wert. He, alter Graubart, halt dein Maul! oder ich wills dir auf Zeit deines Lebens stopfen.

Pilger.) Indem er sich faßt.) Fräulein, ihr seyd noch schwach; will euch eine kräftige Arzney bringen, um eure Lebensgeister zu stärken. (Geht ab.)

Mathilde. Wer du auch bist, Mann! sey großmütig, gieb mir meine Freyheit, und ich will dich belohnen, so viel in meinem Vermögen steht.

Wert. Darf nicht, liebes Fräulein! Alles, was ich euch verstatten kann, ist die Arzney des alten Pilgers; und dann aufs Roß, und hup davon.

Pilger. (Kömmt zurück.) Bursche! du hast das Fräulein entführt. Das Fräulein bleibt hier, ich geleite sie zu ihren Eltern, und du, dank Gott! daß du mit heiler Haut davon ziehen darfst. Fort! (Er nimmt das Fräulein bei der Hand.)

Wert. Was? wart ich will dich (Zieht sein Schwerd, und will auf den Pilger zu.)

Pilger. Du wagst es, Elender! (Zieht sein Schwerd hervor, schlägt ihm das seinige aus der Hand, wirft ihn schnell zu Boden, tritt ihm mit dem Fuße auf die Brust, und hält ihm das Schwerd vor.)

Mathilde. Halt, edler Mann! beflecke deine Hand nicht mit dem Blut eines Lasterhaften.

Pilger. Habt recht, edles Fräulein! mein Zorn wurde auf einen Augenblick Meister über meine Vernunft. Bekenne mir, Schandbube! welcher Teufel dich verleitete, das edle Fräulein zu rauben? Ein aufrichtiges Beken......; .tet dir das Leben, und befreit dich von der verdienten Strafe.

Wert. Alles, alles will ich gerne sagen; schenkt mir nur mein Leben.

Pilger. Das soll dir gewährt seyn. Dein Schurkenleben ist kein Ersatz für zugefügte Beleidigungen. Rede!

Wert. Das Fräulein hab ich nicht aus freyen Willen, sondern auf Befehl meiner Gräfin und ihres Stallmeisters entführt.

Pilger. Wie nennt sich die Gräfin?

Wetr.

Wert. Gräfin Kunigunde von Steineck. Kennt ihr sie denn nicht, und haltet euch in dieser Gegend auf?

Pilger. Kunigunde von Steineck? Bube! Eine Silbe Unwahrheit, die über deine Zunge fährt, kostet dich dein Leben. Wiederhohle es noch einmal, wenn es Wahrheit ist.

Wert. Ihr mögt mich strafen, wenn ich lüge. Gräfin Kunigunde gewann den Knappen Siegfried lieb, der auf Ritter Heinrichs Burg ist. Als er ihr einstmals eine Bothschaft vom Ritter brachte, trug sie ihm ihre Hand an; er aber verschmähte sie. Daburch wurde sie nur noch mehr gereizt; und als der Ritter vor 14 Tagen das große Turnier zu Ehren des Fräuleins gab, weil sie ihr 17tes Jahr erreicht hatte, da zog sie auch dahin, stellte sich krank, um länger daselbst zu verweilen. Mannhart ihrem Buhler gelüstete es eure Gunst (auf das Fräulein zeigend.) zu erhalten. Da nun die Gräfin bei Siegfried ihren Zweck nicht erreichte, so war sie auf Rache bedacht. Ich wurde von Mannhart befehligt, einen Schleyer, den man euch entwendete, an einen Baum auf dem Weg nach den Rhein hinzuhängen, um die Nachforscher irre zu leiten. Dann muste ich in dem Wäldchen an der Burg verkappt

kappt lauſchen, bis ihr, eurer Gewohnheit gemäß, luſtwandeln würdet. Ihr kamt, und was
dann mit euch geſchehen, wißt ihr. Wär ich
um euer Leben nicht ſo beſorgt geweſen, ſo wären wir nun bald auf der Gräfin Burg, wo, zu
eurer Herberg, ſchon ein Zimmer bereit iſt.

Mathilde. Schändliches Weib! dies alſo
deine Freundſchaft, deine ſüſſen Worte.

Pilger. (In Betrachtung verſunken.) Großer
Gott! Wie wunderbar lenkſt du alles zum Ziele,
wie unerforſchlich iſt deine Allmacht! Sprich, auf
welche Art wollte ſich Kunigunde durch die Entführung des Fräuleins an Siegfrieden rächen?

Wert. Sobald der Ritter Heinrich nach
Hauſe kommt, ſo will Kunigunde die Entführung
des Fräuleins auf Siegfried lenken, um dadurch
den Ritter zu vermögen, entweder in der Hitze
ihn ſelbſt zu beſtrafen, oder ihn als den Entführer ins Gefängniß zu ſetzen, und verurtheilen zu laſſen.

Mathilde. Allmächtiger Gott! mein Siegfried !

Pilger.

Pilger. Seyd ruhig, Fräulein, dies soll nicht geschehen. Ich will hin auf die Burg eures Vaters, will die schändlichen Räuber zernichten, will ein fürchterliches Gericht halten mit dem Teufel von Weibe, die deinem unschuldigen Siegfried das Leben rauben will.

Mathilde. O lieber, fürtreflicher Mann! eilet, eh es zu spät ist. Mein Vater, ist ein hitziger ungestümer Mann; er könnte leicht in der Hitze eine That begehen, die eine lebenslängliche Reue, nicht ungeschehen machen könnte. Gott wird euch vor eure Bereitwilligkeit lohnen.

Pilger. Das will ich. Doch erst muß ich mich dieses Buben versichern, und euch etwas besser wissen. (Geht, ruft in die Scene.) Kunz, komm hervor!

Dreyzehenter Auftritt.

Kunz und Vorige.

Kunz. Was begehrt ihr?

Pilger. Laß alle deine Knechte kommen, auf daß sie mich geleiten zu der Burg des Ritters Heinrich, und sag deinem Weibe, sie soll dem
Fräulein

Fräulein hier etwas Speise, zur Stärkung ihres schwachen Körpers reichen; auch biethe ihnen auf, diesen Kerl hier nicht entwischen zu lassen.

Kunz. Gleich! aber seh ich recht, oder — ja bey meiner Seele! Das ist das schöne Fräulein Mathilde. Nun, grüß euch der liebe Himmel! was führt euch denn in meine schlechte Hütte? Erlaubt mir doch eure schöne Hand zu küßen, wenn euch nicht etwa vor mir graut.

Mathilde. Das nicht, mein lieber Alter! Hier; wenn euch damit ein Gefallen geschieht. (Reicht ihm die Hand.)

Kunz. (Küßt sie.) Aber, so sagt mir doch in aller Welt willen, wer mir das Glück verschaft hat, euch zu sehen?

Pilger. Der Bursche da. Freylich geschahs nicht aus freyem Willen; er wollte das Fräulein entführen.

Kunz. Was? I! du verdammter Kerl, daß ich dich nicht gleich zur Kohle zermalme. Aber wart! geborgt, ist auch nicht geschenkt. Unterstehst du dich nur eine Miene zu machen, als wolltest du entwischen, so sollen dich meine stäm-
mich=

michten Knechte zerwalken, als ob du auf der
Mühle wärst. Jhr, Fräulein! kommt in meine
Hütte. Was das Haus vermag, will ich herge-
ben, um euch zu bewirthen? Und dann will ich
euch mit meinen Knechten, und dem alten lieben
Ritter da, nach der Burg geleiten. Du, komm
mit mir! (Zu Werthen.) und wenn dir dein
Rücken lieb ist, so halt dich ruhig! Hörst?

Wert. Edler Ritter! habt Mitleid mit mir!
Jch that ja blos meine Schuldigkeit.

Pilger. Jch will dir Wort halten: (Kun;
führt Werthen in die Hütte ab.)

Pilger. Kommt Mathilde! — Kunigunde,
die Saat deiner Verbrechen ist überreif, bald
sollst du die Früchte davon einärndten.

Ende des dritten Aufzugs.

Drit-

Vierter Aufzug

Zimmer in der Burg.

Erster Auftritt.

Heinrich und Klaus.

Klaus. Ihr mögt sagen, was ihr wollt Ritter! so bin ich doch eher geneigt, Siegfrieden für unschuldig, als schuldig zu erklären. Freylich sind der Zeugnisse viele, die wieder ihn sprechen; aber, wer brachte sie vor, als Kunigunde? und was dies für ein Weib ist, das wißt ihr ohnedieß. Eben ihre Hitze, mit der sie Siegfrieds Urtheil zu beschleunigen sucht, läßt mich vermuthen, als ob der biedere Junge in einer Sache nicht nach ihrem Sinne handelte, und sie nun den Zeitpunkt abgelauert habe, sich an ihn zu rächen. Der zweyte Zeuge ist Mannhart, ein sauberer Gesell, der nicht werth ist, von einem ehrlichen Manne angespien zu werden; der mit ihr in einem schändlichen Verständniße lebt. Sind dies hinlängliche Beweise?

Heinrich

Heinrich. Wenn ich euch auch hierinn recht lasse, wenn ich mich auch geneigt fühle, zu glauben, daß er unschuldig ist; so ist mir doch der Gedanke unerträglich, daß er sich einfallen ließ, meine Mathilde zu seiner Gattin zu begehren.

Klaus. Ist es denn ein Verbrechen, daß Siegfried eure Tochter liebte? Ich sehe hierinn keines; im Gegentheile macht es ihm Ehre. Denn wer ein tugendhaftes Fräulein, als eure Tochter ist, liebt, und von ihr wieder geliebt wird, der muß ein wackerer Mann seyn; und das ist Siegfried gewiß, wenn mich nicht alle meine Sinne trügen. Zu dem ist Siegfried so blödsinnig nicht, sein Glück durch Trug und List zu erschleichen; hätte nicht so gelassen sich in den Kerker führen lassen, wäre er nicht unschuldig. So ruhig zu seyn, ist nur demjenigen möglich, der seiner Sache gewiß ist.

Heinrich. Ich sehe wohl, ihr habts darauf angelegt, sein Vertheidiger zu seyn; mir solls lieb seyn, wenn er seine Unschuld kund thut. Aber bleibt auch nur der kleinste Flecken des Verbrechens an ihm kleben, so soll sein Leben mir Ersatz für den erlittenen Schimpf seyn.

g

Zwey=

Zweyter Auftritt.

Vorige, ein Knappe.

Knappe. Ritter! Siegfried verlangt mit al=
ler Gewalt, euch zu sprechen. Wir haben seinem
Verlangen nachgegeben, und ihn hieher gebracht.
Wollt ihr ihm nun Gehör geben, so lassen wir
ihn herein; wo nicht, so bringen wir ihn in den
Kerker mit Gewalt zurück, denn gutwillig wird
er uns doch nicht folgen.

Klaus. (Zu Heinrich.) Ich dächte, ihr
könntet ihm doch diese Bitte gewähren.

Heinrich. Laßt ihn kommen (Knappen ab.)
Wollen doch sehen, was er uns für Mährchen
wird zu erzählen haben.

Dritter Auftritt.

Vorige, Siegfried, Reisige.

Siegfried. Ritter! ich bin euer Gefangener;
und habe mich nicht geweigert, es zu seyn, weil ich
euch eure Verblendung nicht eher darzuthun ver=
mag, bis eure Tochter gefunden ist. Daß sie das
werden wird, hoffe ich fest, denn es giebt einen
Gott,

Gott, der uns kennt, der alles Verborgen,
ans Licht bringt. Ich habe mich in dieser Hoffnung in euern Befehl gefügt; bin Ritter Klan-
sen ohne Murren gefolgt, und bin eben so willig,
in meinen Kerker gegangen; könnt ihr mir eines
andern zeihen, so sprecht:

Klaus. Nein.

Heinrich. Nein! Was begehrst du?

Siegfried. Rechtliches Verfahren, Ritter!
Ihr könnt glauben, daß ich auf keine Weise entwischen will, denn ihr wißt, daß Ehre mich eher
bindet, denn alle Bande. Und wollt mich doch
so schimpflich behandeln, und in Fesseln schlagen
lassen?

Heinrich. In Fesseln? Das hat man dir
gelogen Siegfried. Sage: wer wollte das thun?

Siegfried. Der Stallmeister Kunigundens,
mit den 2 fränkischen Knechten, die schon so vielen
Unfug auf dieser Burg gestiftet haben! aus Be-
sorgniß, ich möchte entrinnen, und dadurch die
Gräfin in den übeln Verdacht bringen, als hätte
sie mich bloß verleumden wollen.

Heinrich.

Heinrich. (Für sich.) Viel Freyheit Kunigunde! zu viel Freyheit! (Zu Siegfried.) Und du
konntest ihnen Glauben beimessen?

Siegfried. Freylich, wollt ichs nicht; und
da man Gewalt brauchte , schlug ich ihnen die
Ketten um die Ohren, daß sie zu Boden stürzten,
und eilte zu euch, mich darüber zu befragen. Haben sie nun auf euren Befehl also verfahren sollen, so hab ich in der Hitze, dem Scheine nach,
gegen euch gefehlt, und komme euch das selbst zu
gestehen; und euch zu rathen, mich gerecht zu behandeln, wenn ihr mich nicht rasend machen wollt.

Heinrich. Es ist mein Wille nicht gewesen ;
und was du gethan hast, sey dir hiemit vergeben.

Klaus. Siegfried, wenn du unschuldig bist,
wie ich festiglich glaube, so bist du in 24 Stunden
wieder in dem — —

Siegfried. Das hoffe ich ; aber, edler Ritter! sprecht: ists fein, sich von einem Manne
gemißhandelt zu sehen, dessen Leben man so oft
mit seinem eigenen Blute erkaufte, der — —

Klaus. (Zuckt die Achseln.)

Heinr.

Heinrich. Fort! die Stunde des Gerichts ist nahe. Wenn deine Unschuld in demselben, nicht so klar wird, wie die Sonne, so bist du des Todes. Fort!

(Siegfried geht gelassen ab mit den Reisigen.)

Vierter Auftritt.

Heinrich und Klaus.

Klaus. Ritter! des Knappen Ruhe, scheint eine furchtbare Ruhe zu seyn. So fließt der gewaltige Strom zwischen hohen Dämmen still murmelnd fort; aber, wenn er ausbricht, überschwemmt er ganze Provinzen!

Heinrich. So muß man ihn durch doppelte Dämme zu hemmen suchen. Ohne Bild von der Sache zu reden, Ritter! muß ich euch sagen; daß es mir eine Kleinigkeit dünkt, den übermütigen Knappen zu bändigen, und wenn er auch noch so furchtbar wäre. Ungestraft läßt Heinrich sich nicht beleidigen.

Fünf-

Fünfter Auftritt.

Meno und Vorige.

Heinrich. Was wilst du?

Meno. Euch danken, daß ihr mich des Ge-
fängnißes auf Siegfrieds Zeugniß entlaffen;
euch melden, daß die Ritter sich auf eure Bothschaft allgemach versammeln; und euch bitten, mir
die Erlaubniß zu ertheilen, eure Burg zu ver-
laffen. Ich schwörs euch, daß ich nicht eher wie-
derkehre, bis ich Spur von dem Fräulein gefunden, und sie in eure Arme zurückgebracht habe; auch will ich euch binnen ein paar Stunden
einen Bürgen für Siegfried schicken. Bis dahin
aber bitte ich euch, verfahrt nicht zu schnell in eurem Urtheil gegen ihn; denn ich schwöre es euch
bei meinen grauen Kopf, er ist unschuldig. Ich
gelobte seinem Vater, den Jungen rechtschaffen zu
erziehen, und er wards. Ihr selbst gabt ihm oft
das Zeugniß, daß er es sey; und nun Ritter,
nun sollte er auf einmal alle Pflichten, Ehre
und Tugend bei Seite gesetzt haben, und ein
Heuchler, ein Schurke geworden seyn? Nein,
das ist nicht möglich, und wenn die ganze Welt
wieder ihn zeugte ich würde es doch verneinen,
denn ich habe ihn, erzogen; und noch nie hat der
alte Meno jemanden schlechte Dinge gelehrt:

Heinrich.

Heinrich. Schweig, alter Bußprediger! Deine Bitte, das Schloß zu verlassen, sey dir gewährt; aber ehe du es wieder betrittst, wird hoffentlich der Schandbube sein Verbrechen mit dem Leben gebüßt haben.

Meno. Nun, so will ich eilen, so schnell es mir meine Kräfte erlauben, und den Mann herbringen, der meinen Siegfried retten, diese schändliche Anklage vernichten wird.

Heinrich. Und wer ist denn der, auf dessen Kunst du so viel bauest?

Meno. Ein Mann, wie es wenige giebt; ein biederer Deutscher! — Doch, ich muß schweigen; ein Eid bindet meine Zunge. Bald wird er selbst das Räthsel lösen. (Geht ab.)

Sechster Auftritt.

Heinrich und Klaus.

Heinrich. Bin begierig, den Wundermann zu kennen.

Klaus. Ich habe wunderbare Ahndungen! Wenn doch, — nein, es ist nicht möglich!

Heinrich

Heinrich. Was meint ihr?

Klaus. Nein, will lieber schweigen; möchte euch nur Stoff zum Lachen, über meine Träumereien geben, und das will ich nicht. Kommt lieber, und laßt uns die angekommenen Ritter begrüßen.

Heinrich. Das wollen wir; und nach geleerten Willkomm das Gericht über den Buben beginnen.

Klaus. Gott! der die Tugend schützt, wird seine Unschuld an den Tag kommen lassen.

Heinrich. Gott! der Laster bestraft, wird dem Buben, die Strafe seiner Verbrechen, hier finden lassen.

Siebenter Auftritt.

Gefängniß.

Siegfried allein.

Hier lieg ich! Der sonst tapfer genannte Siegfried, ist jezt gleich einem Missethäter gefangen, und zu ohnmächtig, sich zu wiedersetzen, sein Mädchen zu retten, die jezt vielleicht — — Hinweg

weg Gebanke, der mich um meine Vernunft bringen könnte. Mathilde ist tugendhaft; und Gott
wird die Unschuld wahren, daß sie nicht geilen
Bösewichtern unterliege. Aber, wenn ich durch
Entbeckung meiner Unschuld frey gelassen werde,
ha! — — Dann will ich mich an dem Räuber meiner Ehre rächen! — Doch, ist nicht derjenige, an dem ich mich rächen will, der Vater
meiner Geliebten! Und welcher redlich liebende
vermocht es je, dem Vater seines Mädchens weh
zu thun? — Nein! Die Unschuld rächt sich nicht
durch Gewalt, sondern durch stilles Dulden. Harre
also, Siegfried! bis die Zeit, die frohe Stunde
der Entscheidung mit sich bringt. Füge dich in
die Wiederwärtigkeiten, die du selbst verschulde-
test, weil du deinem Herzen zu Liebe die heilsamen Fe-
seln des Verstandes zerbrachst, und seinem Minne-
drange freyen, ungezügelten Lauf ließt. Nimmer
hätte man dich für Mathildens Räuber gehalten,
wenn du den kühnen Versuch, um sie zu werben,
nicht gewagt hättest. Handeltest zu rasch; wolltest Gatte werden, eh du Mann warst. Gedach-
test das schöne treffliche Mädchen, das wohl werth
wäre, eine Königin zu seyn, zum Weibe eines
Knappen zu machen. Hättest die Ritterwürde erst
erstreben, den Ruhm des tapfersten in Schwaben erst erkämpfen sollen, bevor du sie zum ehlichen Gemahl begehrtest. — — Wenn sie doch

ge-

gefunden, und in ihre ritterliche Burg zurückgebracht würde! Wie gerne wollt ich ihr für jetzt
entsagen, und harren, bis günstigere Zeiten meine kühnen Wünsche minder gefährlich machten.
Wo die Arme nur seyn mag = ! Ach! — Sie
schmachtet vielleicht in einem Kerker, wie ich;
nennt vielleicht tausendmal meinen Namen, und
fleht mit Seufzen, und Thränen zum Himmel,
mich ihr zur Rettung zu senden! Und ich liege hier,
ohne Macht, ohne Freyheit, ein Sklave ihres
verblendeten Vaters. — — Ha! wer kömmt so
schnell den Gang herab? — Gewiß, die Stunde des Gerichts ist da!

Achter Auftritt.

Siegfried und Meno.

Meno. Gott grüß euch lieber Siegfried!

Siegfried. Meno! Was bringst du für
Bothschaft von dem Fräulein?

Meno. Vom Fräulein keine Nachricht, aber
doch auch sonst keine verdrießliche. Die Ritter haben
sich zwar schon versammelt, bald wird man euch
zum Gericht abrufen; aber laßt euch nicht
bang seyn, ich habe das eiserne Herz des Ritters

ters erweicht. Er erlaubt mir das Schloß zu verlassen, um Kundschaft von Fräulein einzuziehen,
und das will ich denn auch von ganzem Herzen.
Auch will ich jemand herschicken, der der Sache
einen ganz andern Ausschlag geben wird. Darum laßt euch nicht bange seyn, wenn ihr vor
die Ritter kommt. Traut auf mein Wort, sie
sollen auch kein Leid zufügen. Härmt euch nicht
zu sehr. Seyd eurer Unschuld eingedenk, guter
Herr! dies giebt Muth, und Stärke. Glaubts,
ich muß Mathilden finden, oder ich heiß nicht
Meno.

Siegfried. Schalte, wie es dir gut dünkt,
guter Meno! — Gott lohne dir deinen Eifer,
deine Liebe zu mir!

Meno. Nun, schon recht! Aber seyd nun
auch gutes Muthes, und laßt euch nicht vom Un-
sterne zu Boden schlagen.

Siegfried. Hast du denn so wenig erwogen, was ich verlohren? Mathilden, und meinen guten Namen! Bedenk, was mein Leben ohne
diese beide werth seyn kann.

Meno. Verlohren! Als wenns damit schon
seine volle Richtigkeit habe. Mathilde wird schon

zu

zu finden seyn, dafür laßt mich sorgen; und was
euren guten Namen betrifft, so kann er durch
diese Gelegenheit eher gewinnen, als verliehren.
Denkt nur, wie beschämt der Ritter, und seine
Ohrenzischer um euch stehen müssen, so bald ihnen eure Unschuld durch untrügliche Beweise in
die Augen leuchtet. Denn, lieber Herr! das
mögt ihr mir glauben, daß Ritter Heinrich den
schwarzen Verdacht nicht ohne dienstbare Geister
geschöpft, und auf euch geworfen hat. Er ist zwar
ein wilder Poltergeist; aber bevor er auf seinen
Knappen, den tapfern Siegfried, so erzürnt werden konnte, mußte ihms Hirn gewaltig warm geflü-
stert werden. Ich weiß auch wohl, wen ich für den
Meister dieses höllischen Bubenstückes halte. Mags
nur itzt nicht sagen; aber zur gehörigen Stunde
sollen fürchterliche Ungewitter über sie loßbrechen,
und ihre gehofften Früchte, so schrecklich verha-
geln, daß sie, wie vor dem jüngsten Gerichte er-
blassen sollen. Jezt gehabt euch wohl, lieber Herr!
Ich will eilen, die Stunde, der Auflösung dieses Räthsels herbei zu flügeln. Ermannet euch
nur, und gönnet euren Feinden die Freude nicht,
euch gänzlich überwunden zu haben. — Gehabt
euch wohl! Bis auf baldiges Wiedersehen. (drückt
ihm traulich die Hand, und geht ab.)

Sieg.

Siegfried. Leb wohl, ehrlicher Alter! — Vielleicht seh ich dich nie wieder. Vielleicht gelingt es meinen Feinden, das Gericht zu täuschen; und mir, nicht genug meine Ehre geraubt zu haben, auch noch das Leben zu nehmen.

Neunter Auftritt.

Kunigunde und Siegfried.

(Mannhart heimlich an der Thüre lauschend.)

Siegfried. Ha! Was ist die Ursache? die euch zu einem Unglücklichen führt? — Vielleicht seiner zu spotten? — — da ihr ihn gestürzt habt.

Kunigunde. Nein, Siegfried! — Liebe, unaussprechliche Liebe, führt mich zu euch. — Es ist wahr, auf meine Anklage verfuhr Heinrich so grausam, und ist bereit, euch zu verurtheilen. Doch ein Wort, ein günstiger Blick, der mir Gegenliebe zusichert, — und ich vernichte meine Anklage; wälze die ganze Schuld auf Mannhart, und lasse ihn dafür büßen; reiche dann euch, zum Ersatz euret Ehre, vor der gesammten Ritterschaft meine Hand, so bald Heinrich euch zum Ritter geschlagen — O Siegfried! Kenntet ihr dies Herz, das so brünstig für euch schlägt ganz, ihr würdet mir nie so kalt begegnet, mich nicht verachtet ha-

ben. — Nun, Siegfried! Keine Antwort? — Ist dieser Antrag so unerwartet, daß er euch stumm macht? — —

Siegfried. Ja wohl, ist er dies. Glaubt ihr, daß ich ihn jemals annehmen werde? Nein, eh ich mein Leben einer Niederträchtigkeit zu verdanken hätte, lieber wollte ich es verliehren. Kann meine Unschuld es nicht erhalten, so mag mein Blut fließen. — Aber ihr, Gräfin!! Wenn einst vor eurem Sterbebette, sich diejenigen versammeln, an deren Mord ihr Theil nahmt, wenn sie euch unaufhörlich verfolgen, und peinigen, dann werdet ihr in Verzweiflung dahin sterben, ohne Vergebung eurer Verbrechen zu hoffen; indeß ich, ruhig und gelassen, in jene Gefilde der Ewigkeit hinüber gehen werde.

Kunigunde. Verdammter, unbiegsamer Stolz. Nun, so sollst du ihn auch büßen. Von nun an, sey jeder Gedanke von Liebe verflucht, der wieder in meine Seele kömmt! Rache ist die einzige Leidenschaft, die ich befriedigen will, und die nur mit deinem Tode aufhören soll! — (Geht ab.)

Zeh-

Zehenter Auftritt.

Siegfried allein.

Dies ist deine wahre Gestalt, Weib! in der du dich jezt zeigtest. Jene, in welcher du vorhin meine Sinne betäubtest, war nur erborgt. Aber, zeig dich mir, in welcher du willst, ich kenne dich doch. Die Natur hat alle Laster in eines vereint, und sie dir zur Mitgabe gegeben.

Elfter Auftritt.

Siegfried und Knappe mit einem Becher.

Knappe. Siegfried! Ihr sollt vor das Gericht der Ritterschaft. Hier habt ihr etwas Wein, euch zu stärken.

Siegfried. Ich bedarf keinen. — Gott wird mir Muth und Stärke geben, meine Feinde zu entlarven. (Geht ab.)

Zwölfter Auftritt.
Zimmer.

Mannhardt, dann Kunigunde, zulezt der
Pilger und Meno.

Mannhardt. Diesmal, Mannhardt! stand deine Freyheit, dein Leben, auf einer Nadelspize.

Hätte

Hätte Siegfrieds Stolz sich beugen lassen, Kunigunde, würde dich willig aufgeopfert haben, um
ihr Ziel zu erreichen. Lange hätte sie es freylich
nicht genossen, dieses scheinbare Glück. Denn,
wenn nicht ihre Kräfte stärker, als männliche sind,
so muß meine Artzney bald ihre Würkung machen.
Auf alle Fälle wäre ich doch übel weggekommen;
so hat mich aber Siegfried schon von dieser Furcht
befreiet; und davor befreie ich ihn, von der Hand
der Gerechtigkeit zu sterben; bereite ihm ein stilles
glückliches Ende.

(Kunigunde kömmt.)

Kunigunde. Mannhardt! sahst du ihn nicht?
Eben jezt führte man ihn vor Gericht. Hast du
das Gift schon gebraucht?

Mannhardt. Den einen Knappen, der ihn
vor Gericht führte; schickte ich vor wenigen Au-
genblicken fort; schüttete das Gift in den Wein-
becher, der ihm zur Labung gereicht ward. Wahrscheinlich, wird es in einigen Stunden die Wir-
kung davon empfinden. Aber, ihr Kunigunde!
Wart ihr nicht bei ihm im Gefängniß?

Kunigunde. Nein! Glaubst du, daß ich noch
einen Funcken Liebe für diesen Elenden fühle? Nein
Mannhardt! ich will mein Versprechen halten.
Du

Du haſt Siegfrieden den Tobt bereitet, unb ich
ſchenke dir dafür zwey meiner Schlöſſer am Rheine;
nnd wenn du Heinrichen ſeine Tochter zurück-
bringſt, glaubſt du wohl, daß er dir den Ritter-
ſchlag, und die Hand ſeiner Tochter verweigern
wird?

Pilger mit Meno.

Pilger. Ha, hier ſind ſie! Edle Gräfin! erlaubt mir nur einige Worte von Wichtigkeit mit
euch zu ſprechen.

Kunigunde. Laß uns allein (zu Mannhardt der
abgeht).

Pilger. (heimlich zu Meno) Laß den Buben
nicht aus den Augen.

Meno. (geht Mannharten eiligſt nach):

Kunigunde. Was iſt dein Begehren, Alter?

Pilger. Euch zu bitten, von der Anklage gegen Siegfried abzuſtehen; aufzuhören ihn zu verfolgen.

Kunigunde. Was verleitet dich zu dieſer Bitte?

h

Pilger.

Pilger. Freundschaft gegen den alten Meno führt mich her. Bedenkt doch, wie es den alten Mann schmerzen muß, wenn er sehen sollte, daß die Freude, der Trost seines Alters, in der Blüthe seiner Jahre, wegen einer noch nicht genugsam erwiesenen Uebelthat, hingerichtet würde! Denkt euch an seine Stelle; denkt euch diesen liebenswürdigen Jüngling als euern Sohn; denkt euch das ganze Wonnegefühl der Eltern, bei rechtschaffenen Kindern; und dann sagt, ob ihr noch auf eurer Anklage beharret?

Kunigunde. Kein solcher Bösewicht sollte den geheiligten Mutternamen gegen mich mißbrauchen! Und wenn auch, wenn er mein einziger, liebster Sohn wäre, ich würde ihn als einen Mädchenräuber, als einen ehrlosen Buben, der ein unschuldiges, schwaches Geschöpf verführte, dem Henker übergeben.

Pilger. Kunigunde! — noch einen Augenblick! —. Wie, wenn ihr, und euer Spießgeselle, und nicht dieser unglückliche Jüngling, das Mädchen heimlich entführt hättet? — — Wie dann? — würdet ihr dann noch darauf bestehen?

Kunigunde. Wie, Elender! — das wagst du zu sagen? — Der Tod sey dir geschworen, wenn du dich unterstehst, dieses zu wiederholen.

Pilger.

Pilger. Ihr droht mir mit dem Tode, — und ich bin von meiner Kindheit auf ihm entgegen gegangen, ohne ihn zu fürchten. Ich focht zehn Jahre gegen die Sarazenen, und fürchtete den Tod nicht; und nun, da ich sechzig Jahre alt bin, da ich ihn stündlich erwarte, da sollt ich ihn erst fürchten? Kunigunde, dies hindert mich doch nicht, Euch die Wahrheit zu sagen. Ich will Euer, von Laster angestecktes Herz, in die Presse nehmen, und wenn noch ein Tropfen deutschen Bluts in diesen Adern wallt, wenn ihr glaubt, daß der allmächtige Gott Verbrechen bestraft, so müßt ihr hinsinken, und laut aufschreyen: Ich bin der Sünderinnen größte! (Sie will fort) Bleibt! Eure schnöde Wollust verleitete euch, den braven, wackern Ritter Robert dahin zu vermögen, euren nach Palästina reisenden Gatten Meuchelmörder nachzuschicken, die ihn tödten sollten; dafür ihr ihm ewige Liebe und Treue gelobtet; die ihr aber nur so lange hieltet, bis Bruno, euer Nachbar, auf dem Turnier den Preis davon trug; den er aus euern Händen, und mit diesem auch euer Herz erhielt. Nein, das nicht, nur eure Liebe. Robert der euch herzlich liebte, der aus Liebe zu euch, einen Meuchelmord auf seine Seele Seele lud, gieng nach Palestina, um dort für seine Verbrechen zu büssen; und den Himmel zu bitten, einen unglücklichen, von Liebe verblendeten Sünder zu verzeihen.

H 2

Man

Man hätte glauben sollen, eure Liebe zu Bruno würde nur mit dem Tode verlöschen. Doch wie bald verraucht Liebe, die auf so schlechten Grund gebaut war? Ein Blick von Mannhardt seinem Stallmeister, und vergessen ist der tapfere Bruno; vergessen der aus Liebe gewordene Meuchelmörder; vergessen der durch euch unglückliche Gatte. Ihr seht und hört nun nichts als Mannhardt; ich weiß euren ganzen Lebenslauf, als hättet ihr mir ihn in der Beichte entdeckt.

Kunigunde. Gott! wie tief dringen dieses Mannes Reden in mein Herz.

Pilger. Noch bin ich nicht zu Ende. Anstatt daß die Jahre euer Blut kälter, eure Sinnen hätten ruhiger machen sollen, wurdet ihr nur desto ruchloser, nur desto üppiger, im Genusse der schändlichsten Liebe, in Mannhardts Armen. Endlich wurdet ihr auf Siegfried aufmerksam; wilde Wünsche nach seinem Besitz stiegen in eurem Busen auf. Er ist tugendhaft, — strebte also nicht nach solch einem Weibe; und wohl ihm, daß er es nicht that, sondern nach dem Besitz eines tugendhaften jungen Mädchens strebte. Vergebens suchtet ihr ihn abspünstig zu machen machen, alle eure Bemühungen waren fruchtlos; und da er eure Wünsche nicht erfüllte, nicht lasterhaft werden wollte,

kommt

kommt Rache, an die Stelle der Liebe. Euer Buhle, gesättigt von euerm Besitz, strebt nach der holden Mathilde; und daher, wurde aus dem Buhler ein Kuppler; und zuletzt aus dem Kuppler,
der Entführer des Fräuleins; wofür ihr nun den
armen Siegfried ausgabt, um durch seinen Tod
eure Rache zu sättigen. Dies sollte der Triumph
eurer Verbrechen seyn, dies das Maaß voll machen! — sprecht, — hab ich's getroffen? Bei dem
allmächtigen fürchterlichen Gott, bei einer für
Sünder schrecklichen Ewigkeit, beschwöre ich euch!
Ist es wahr oder nicht?

Kunigunde. Barmherziger Gott! Verzeihung
der gefallenen Sünderin! Es ist so. —

Pilger. Nicht wahr, es ist so? — Nun wißt
auch, wen ihr zu eurer schnöden Liebe gegen
euch bewogen; wen ihr aus Rache morden wollt.
Dieser unglückliche, verfolgte, unschuldig gemißhandelte Jüngling, ist euer Sohn! — Euer Siegfried,
den euer Gatte dem alten Meno anvertraute, als
ihr auf dem großen Turnier an Herzog Friderichs-
hofe wart; den er bei eurer Rückkunft für tod aus-
gab; aus Furcht, er möchte durch die Erziehung
seiner Mutter das nicht werden, was er ist.

Kunigunde. Donner des Ewigen! zermalme meine Seele zu Staub. Ich Rabenmutter! Mein Sohn Siegfried; mein Sohn!

Pilger. Ja, euer Sohn! Der Sohn des unglücklichen, von euch ebenfalls zum Tode verurtheilten Gatten. War es euch nicht genug, den Vater gemordet zu haben? Soll es der Sohn auch noch? Aber nun; gegen wen habt ihr den zärtlich liebenden Gatten vertauscht? Gegen Mannhardt, den Abschaum von Menschen! — Doch, Allmächtiger! du bist gerecht. Gelobt sey dein Name! (Zieht ein Bild aus dem Busen) Sieh; Weib, das war dein Mann, und dies, — (reißt die Pilgerkutte weg, und steht in voller Rüstung da) und das ist nun dein Mann, den Meuchelmörder morden wollten, den aber die Hand des Ewigen beschützte. In dieser Rüstung trug ich an dem unglücklichsten Tage, — an dem Tage unserer Verlobung, den Preis davon; in dieser Rüstung sollte ich gemordet werden. In dieser Rüstung focht ich gegen die Sarazenen; und in dieser Rüstung fodere ich nun als Vater meinen Sohn zurück. Wirst du ihn noch als einen Verführer, des Todes schuldig verklagen? — Dies Bild, Unglückliche! gab ich dir am Tage unserer Verlobung, und du gelobtest mir, es wie deine Seele zu bewahren. Vier Jahre darnach gabst du es Roberten; damit du nichts mehr hättest,

was

was dich an deinen Gatten erinnern könnte. Er gab
dies mir sterbend in Pallästina und verzieh dir,
so wie ich ihm verziehen hatte. — Gebrochen
ist deine Treue; deine Liebe zu mir vertilgt. So
vertilg auch ich den Beweis deiner Treue und Liebe auf ewig. (zerbricht es) — Ich fodere nun nichts
von dir, als daß du meinem Sohne vor der gesammten Ritterschaft seine Ehre zurückgiebst; frey
bekennest, daß du die Thäterin, und er unschuldig
sey. Wäre mein kochendes Blut nicht kälter geworden, fände ich nicht, daß ein solches Weib meiner Rache unwerth ist — sieh! so würde ich
dich mit dieser Hand, die ich dir am Altar reichte,
den Dolch in die Brust stoßen. Doch so rächt sich
kein deutscher Mann. Ich will dir Zeit zur Besse-
rung lassen, daß der Ewige dir Gnade gewähre.

Kunigunde. (In Verzweiflung) Keine Gnade —
keine Barmherzigkeit, er hat keine für mich! —
Dieser Siegfried, mein Sohn! — ist durch seine ver-
fluchte Mutter todt, die ihn vergiftete.

Hermann. Weib! Weib! bei Gott!! — —
Wiederhole diese Worte nicht, oder ich vergesse
meines Schwurs, und opfere dich der Leiche meines Sohnes auf.

Kuni-

Kunigunde. O stoß zu, aus Mitleid! vertilge das größte Ungeheuer von der Welt. Ich gab Mannhardten ein Giftpulver — dieser mischte es in den Wein den man Siegfrieden vor seinem Eintritte vor das Gericht reichte. — — O, es ist geschehen! Er ist unwiederbringlich verlohren. — Ich — weh! — wie wird mir? — — welcher Schmerz wüthet in meinen Gebeinen! — Ach! (sinkt entkräftet um) Wenn Mannhardt? — — Welch schreckliches Licht dämmert in meiner Seele! — Herrmann, vergieb! — um des barmherzigen Gottes willen! — vergieb! ich fühle das Gift, daß ich meinem Sohne bestimmt hatte, in meinen Adern toben — ich — bin verlohren — wenn ich ohne Verzeihung aus dieser Welt scheide.

Hermann. Nun denn — — — Ich vergebe dir von ganzem Herzen. — Der Allerbarmer möge dir eben so vergeben, wie ich dir. (reicht ihr die Hand).

Kunigunde. (Küßt sie) O wenn ich doch — meinen Siegfried, meinen Sohn — nur ein einzigesmal — an dies — Herz — drücken könnte! — Doch — ich bin zu schwach — ich fühle, das — Lebe wohl — — Her — mann — verzeih — Siegfried! (sie stirbt).

Hermann. Wenn Gottes Gnade seine Gerechtigkeit nicht überwiegt, so ist dein Loos verdammens werth. Doch, darf ein sündiger Mensch es wagen, in deine Allmacht zu blicken? Verzeih, wenn ich sündigte, und gewähre mir die Bitte, meinen Sohn in meine Arme schließen zu können! Wohl mir, daß ich das Mittel habe, ihn von schimpflicher Todesstrafe zu erretten. (geht ab).

Dreyzehnter Auftritt.

(Großer Saal, schwarz behangen, und beleuchtet. Die versammelten Schöppen und Rachbürgen sitzen im Kreis: der Rügegraf in der Mitte, — rechts Heinrich von Staufen, links, Klaus von Grießingen. Siegfried wird eben von zwey Knappen hereingeführt, die aber gleich wieder abtreten. Feyerliche Stille, in der Siegfried die versammelten Ritter grüßt, die ihn erstaunt anblicken. Der Rügegraf bricht das Stillschweigen.) Knappe Siegfried! Ihr seyd des Mädchenraubs beschuldigt.

Siegfried. Auch überwiesen?

Rügegraf. Es sind der Zeugniße viele wider euch; laßt sehen, ob ihr sie zu vernichten vermögt. Habt ihr Mathilden von Staufen geliebt?

Siegfried. Ja. —

Rüge.

Rügegraf. Liebt ihr sie noch?

Siegfried. Wenn sie es noch so werth ist, wie vor ihrer Verschwindung: — Ja.

Rügegraf. Habt ihr ein geheimes Bündniß mit ihr gehabt?

Siegfried. Nein.

Rügegraf. Eide mit ihr gewechselt?

Siegfried. Nein.

Rügegraf. Was hattet ihr denn bey eurer Liebe im Sinne? geheimen Minensold, oder rechtes Bündniß?

Siegfried. Was jeder ehrliche Mann, und Rittersprößling im Sinne haben muß: — rechtliches Bündniß.

Rügegraf. Begehrtet ihr Mathilden von ihrem Vater zum ehlichen Gemahl?

Siegfried. Das that ich.

Rügegraf. Wurde sie euch gewährt?

Sieg-

Siegfried. Nein, schimpflich abgeschlagen.

Rügegraf. Schwurt ihr ihrem Vater, dem Ritter Heinrich von Staufen, nicht Rache?

Siegfried. Das that ich.

Rügegraf. Gingt ihr nicht mit diesem Schwur aus der Burg?

Siegfried. Mit welchen Gedanken ich die Burg verließ, weiß ich nicht. Mich dünkt, ich war krank, wüsten Sinnes.

Rügegraf. Wart ihr nicht gesonnen, Gehülfen zu eurer Rache zu dingen?

Siegfried. Nein. Ich habe geschworen, mich mit meinem eigenen Arme zu rächen; nicht mit fremden Händen.

Rügegraf. Sollte eure Rache nicht in der Entführung, des euch verweigerten Fräuleins, bestehen?

Siegfried. Nein. So rächt sich ein Schurke, aber Siegfried nicht.

Rüge

Rügegraf. Habt ihr nicht, vor eurem Aufbruch zu Ritter Klaus von Grießingen, mit dem Fräulein, im sogenannten Tannenwäldchen, heimliche Flucht verabredet?

Siegfried. Zufällig Sie gesprochen, Abschied genommen, aber an keine Flucht gedacht. Wer aufrichtig liebt, begehrt nicht, das Mädchens seines Herzens, durch heimliche Flucht zu schänden.

Rügegraf. Was trieb euch an, vom Ritter frühere Entlassung zu begehren, als er selbst zurückkehren wollte?

Siegfried. Geheime Ahnbungen.

Rügegraf. Ahnbung ist Thorheit.

Siegfried. Und doch menschlich; auch ist sie zuweilen mehr als Thorheit.

Rügegraf. Diese Ausflüchte gelten im Gerichte nichts. Warum thatet ihr dem Ritter nicht sogleich die Entweichung seiner Tochter kund?

Siegfried. Weil nacheilen mir nöthiger schien. Und zu dieser Meldung blieben ohnehin müßige Leute genug auf der Burg.

Rüge.

Rügegraf. Warum wart ihr so nachläßig, da ihr sie doch einholen wolltet, und eilet zu Fuß, bloß von Meno begleitet, nach der Burg?

Siegfried. Meine Hitze, mein Schrecken über diese Nachricht, brachte mich um alle Besinnungskraft, bis Meno mich daran erinnerte; und eben wollt ich umkehren, als mir Ritter Heinrich nacheilte. Warum Meno mir nur allein folgte, sind des Ritters Leute selbst nur zu fragen.

Rügegraf. Was führte euch denn so schnell auf den rechten Weg?

Siegfried. Den Weg, den ich wollte, gab die Gräfin von Steinach mir an. Ob's der rechte gewesen, weiß ich nicht.

Rügegraf. Wie kamt ihr zu des Fräuleins Schleyer?

Siegfried. Ob's des Fräuleins Schleyer war, weiß ich nicht gewiß. Der gefundene hing an einem Strauche, am Wege.

Rügegraf. Knappe Siegfried! — habt ihr vor diesen euren Richtern, auf Ehre und Gewissen die Wahrheit geredet?

Sieg.

Siegfried. Ich habe die Wahrheit gesagt, wie vor dem Richterstuhle des Ewigen; und wenn die mich nicht schützt, so schütze mich Gott!

Rügegraf. So entfernt euch, und gewartet euer Urtheil.

Da Siegfried abgehen will, hört man Meno schreyen: — Halt! Siegfried ist unschuldig — gleich darauf werden die Saalthüren aufgerissen, Meno stürzt mit gezücktem Schwerte herein, und hält Mannhardt an der Kehle gepackt fest.

Meno. Hier, gleißnerischer Bube! hier bekenne deine Schurkenstreiche, oder du kommst nicht lebendig aus meinen Händen.

Heinrich. Meno! was beginnst du? (zu Mannhardt, der bleich und zitternd dasteht) Mannhart vertheidigt euch!

Meno. Herr Ritter! das ist ihm unmöglich; den gleich werden Zeugen kommen, die mehr Gewicht haben. Eben erhaschte ich ihn, als er Reißaus nehmen wollte. — Hier Ritter! seht euch um?

Mathilde. (Stürzt in ihres Vaters Arme) Mein Vater!

Heinrich. Meine Tochter! Gott sey Dank, daß ich dich wieder in meine väterliche Arme schließe! (Hermann, Köhler, Kunz, mit Wert treten ein).

Mathilde. Diesem edlen Manne hab ich's zu danken, daß ich unschuldig, und euer würdig, umkehre.

Heinrich. Dank! tausend Dank, edler Mann! (zu Hermann) Sagt, wie soll ich euch diesen Dienst lohnen?

Hermann. Mit nichts! — Diese That lohnt sich von selbst; und ich freue mich, das Werkzeug der Züchtigung dieses Schurken zu seyn.

Heinrich. Wollt ihr der gesammten Ritterschaft nicht euren Namen entdecken, und ob ihr ritterbürtig seyd?

Hermann. Daß ich ritterbürtig bin, darauf geb ich mein Ehrenwort, und meinen Handschlag. — Meinen Namen aber, erlaubt mir noch zu verschweigen. Mit dessen Entdeckung, wird auch der Zweifel an meiner Ritterschaft gänzlich verschwinden. Vor allem erlaubt mir ein Wort in eure Gerechtsame einzureden. — Hier dieser Jüngling (auf Siegfried zeigend) ist unschuldig verklagt, unschul-

schuldig mißhandelt worden. Der Beweis seiner
Unschuld ist hier eure Tochter, und dieser, (auf
Wert zeigend) der sie auf Befehl der verstorbenen
Gräfin von Steinau entführt hat.

Alle. Der Verstorbenen!

Hermann. Ja; dieser Bube (auf Mannhardt zeigend) hat sie wahrscheinlicher Weise mit dem Gifte,
das für Siegfried bestimmt war, getödtet; und
daher fodere ich ihn hier auf, alles rein zu bekennen; welches ihr, versammelte Edle! nicht miß-
billigen werdet.

Heinrich, u. ⎱ Ja, er soll bekennen!
Rügegräf. ⎰

Mannhard. Es ist wahr. Ich that's. — Die
Furcht; von der Gräfin einst verrathen zu werden,
verleitete mich dazu; und anstatt auf ihren Befehl
es Siegfrieden in dem Trunke zu reichen, gab ich
es ihr in den Wein vermengt — dies —

Heinrich. Fort mit den Buben in den tiefsten
Kerker! dort sollen sie ihr Urtheil erwarten.

Hermann. Diesem — (auf Wert weisend) ver-
sprach ich Vergebung, wenn er rein beichtete. Er
thats, und also ist es billig, daß ich Wort halte.

Heinrich.

Heinrich. Recht. — Aber wofern er sich ge-
lüstet, je wieder in mein Gebieth zu kommen. —

Werth. Ach, mein edler Ritter! ich will mich
hüten, dies zu versuchen. — Ein gebranntes Kind
fürchtet das Feuer. (Geht ab.)

Heinrich. Fort mit diesem. (Mannhardt wird
abgeführt.)

Hermann. Und nun ist noch etwas zu thun
übrig. — Ritter! Diesem eurem Knappen vor
der gesammten Ritterschaft seine Ehre wieder zu
geben; zu bekennen, daß ihr euch übereilt habt.
Ist es nicht so gesammte, edle Ritterschaft?

Alle. Ja.

Heinrich. Ihr habt recht. Sag an Knappe
Siegfried! welche Gnade soll Ritter Heinrich dir
zum Ersatz erweisen?

Siegfried. Gnade? Ritter! die pfleg ich
nur von dem der über uns ist zu erstehen; nicht
von sündigen Menschen, wie ihr. Auch geziemet
es euch dermalen besser, wenn ihr euch dieser
Worte nicht bedient; denn ihr habt mich hart,
sehr hart beleidigt!

i   Heinrich.

Heinrich. Wie? So hätte ich nichts, — gar nichts in meiner Gewalt, was deiner Bitte werth schiene? —

Siegfried. Nichts Ritter, nichts.

Heinrich. (Mit steigender Verwunderung.) Auch den Ritterschlag nicht?

Siegfried. Der will verdient, nicht erbettelt seyn. Auch kann und soll mich die Hand, die mich einst beleidigte, nie zum Ritter schlagen.

Heinrich. (Im höchsten Zorne.) Auch wenn meine Mathilde dir werden sollte, würdest du nicht bitten?

Siegfried. Auch dann nicht. Mathilde ist zu groß, zu edel, um einem Bettler zu Theile zu werden; und der wäre ich doch, wenn ich mein gewagtes Ansuchen, nach eurer schimpflichen Verweigerung, nochmals erneuern wollte. Ihr kennt meinen Wahlspruch, Ritter! Mit Ehre besitzen, oder gar nicht. Da ihr nun einmal den seltenen Trieb fühlt, mir einen Gesuch zu gewähren, so entschließt euch, mich in Frieden zu entlassen.

Heinrich. Entlassen?

Siegfried.

Siegfried. Ja. Eure Burg, euer Gebieth, Schwaben ist mir nach dieser Begebenheit zu enge; mein Arm bedarf Raum, sich auszudehnen. Auch verlang ich keine Wegzehrung; ich habe dessen nicht nöthig, so lang meine Hände gesund sind. Ich begehre nichts, als mein Roß, und meinen alten Pflegvater Meno.

Hermann. Du hast brav gehandelt Siegfried, aber dein Stolz muß dich nicht zu weit verleiten. Als Knappe war es edel von dir gehandelt, die Hand des schönen Fräuleins auszuschlagen; weil du ihr nichts, als deinen Edelmuth zur Morgengabe bringen konntest. Aber als Siegfried, Graf von Steinach, kannst du getrost, und ohne zu erröthen, um ihre Hand anhalten. — Und ihr Vater wird dir sie nicht verweigern.

Sieg. u. alle Ritter. Graf von Steinach?

Hermann. Ja, ein Sohn der verblichenen Gräfin; ein Sohn des todgeglaubten Grafen Hermann, der aber — — nun hier steht, und mit innigster Freude seinen Sohn umarmt.

Siegfried. Gott, mein Vater! (Fällt in seine Arme.) Ist es ein Traum, oder ist es Wahrheit?

Meno.

Meno. Nehmts für Wahrheit, edler Siegfried. — Dies ist euer Vater gewiß, und wahrhaftig. Dies ist sein lebendiger Vater, — der
Graf Hermann, mein geliebter Herr.

(Alle Ritter drängen sich zu.)

Hermann. (Zu Klaus und Heinrich, die er bey
den Händen faßt.) Kennt ihr mich nicht, ihr alten Kriegsgefährten? Hat die Zeit, meine Züge
so stark entstellt, daß ihr euren Bundesgenossen
nicht mehr kennt?

Klaus u. Heinrich. Ja, er ists! es ist Hermann unser wackere Gefährte, und Bruder.

Hermann. Wirst du dich weigern, alter
Freund! meinem Sohne deiner Tochter Hand
zu geben?

Heinrich. Wie könnt ich das? Aber du sahst
ja, wie stolz er sie vorhin ausschlug?

Hermann. Siegfried! Wirst du deinem
Schwiegervater nicht eher eine Uebereilung vergeben, als dem Ritter Heinrich. — Wirst du
nicht die Hand seiner Tochter annehmen?

Siegfried. Mein theuerster Vater.

Hermann.

Hermann. Ich weiß, was du sagen willst. Mathilde! Werdet ihr eurem Erretter eine Bitte abschlagen?

Mathilde. Edler Graf, ihr habt meine Ehre gerettet! Ich weiß euch keinen Dank zu geben; denn ihr seyd zu groß. Aber bestimmt, was ihr wollt, ich will es unbedingt gewähren.

Hermann. Nun dann Heinrich, nimm du die Hand deiner Tochter, ich, die meines Sohnes; und so wollen wir das Paar zusammengeben, das der Himmel für einander bestimmt hat. (Sie legen die Hände ineinander.)

Siegfried. Mathilde! Nun das größte Glück meines Lebens!

Mathilde. Geliebter! Dein, auf ewig!

Heinrich. Meine Tochter wird die Vergehungen ihres Vaters gut zu machen suchen.

Hermann. So wollen wir beisammenbleiben, und nur ein Haus ausmachen. Doch halt! — Meno, komm her! du gehörst mit in unsern Zirkel. Mein Siegfried ehrt dich als einen Vater, ich liebe dich als meinen Freund, du bleibst bei uns.

— Meno.

Meno. Ja, guter Herr! Wir wollen mit einander leben, Gutes thun, mit einander sterben, und mit einander auch auferstehen.

Siegfried. Guter Meno!

Mathilde. Rechtschaffner Alter!

Hermann. (Zu Klaus.) Du, biederer Freund! ertheilest morgen meinem Sohn die Ritterwürde; daß sein Glück, Mathilden zu besitzen, nicht aufgehalten wird. Ich will dann in den Armen meiner Kinder und Enkel meinen Geist aufgeben; und Gott danken, für alle die bedornten Pfade, auf welchen er mich führte; nie murren, sondern denken: er ist Vater, und pflanzte Seligkeiten in meinem Lebensziele!

Klaus. Genug davon, Freund! Laßt uns diesen traurigen Ort verlassen. Beim friedlichen Maale, und deutschen Weine wirst du uns erzählen, was sich mit dir begeben hat; und der erste Becher, soll auf die Gesundheit Siegfrieds des wackern Knappen, und der schönen Mathilde geleert werden.

Alle. Es lebe Siegfried und Mathilde! (Gehen Arm in Arm geschlungen ab, und der Vorhang fällt.)

Ende.